転生王女は今日も旗（フラグ）を叩き折る　9

登場人物紹介
レオンハルト
・フォン・プレリエ
元ネーベル王国近衛騎士団長。国一番の剣の使い手。ローゼマリーと結ばれた。
ローゼマリー
・フォン・プレリエ
前世の記憶を持ったまま、乙女ゲームの世界に転生した少女。世界初の女公爵にして、プレリエ地方の領主となる。レオンハルトの妻として認められるような素敵な淑女になるため日々、奮闘中。

ユリア
・フォン・メルクル
ラプター王国第一王女。お忍びでプレリエ領を訪れる。
ハクト
・シンシ
オステン王国第三王子。薬学とネーベル王国に興味を持ちプレリエ領の視察に訪れる。
ヨハン
・フォン・ヴェルファルト
ローゼマリーの弟。ネーベル王国第二王子。
クリストフ
・フォン・ヴェルファルト
ローゼマリーの異母兄。ネーベル王国第一王子。
王妃
ネーベル王国女王。娘であるローゼマリーを溺愛している。
ランドルフ
・フォン・ヴェルファルト
ネーベル王国国王。ローゼマリーの実父。

目次

プロローグ ―― 6
転生公爵の交流。 ―― 8
或る商人の困惑。 ―― 53
転生公爵の反省。 ―― 67
総帥閣下の反省。 ―― 77
転生公爵の寝坊。 ―― 84
転生公爵の念願。 ―― 90
或る薬師の悩み。 ―― 101
転生公爵の引導。 ―― 113
第三王子の失恋。 ―― 121
魔導師達の談話。 ―― 132
転生公爵の逢引。 ―― 145
第二王子の困惑。 ―― 164
或る王女の独白。 ―― 171
転生公爵の憂い。 ―― 177
或る王女の笑顔。 ―― 191
第一王子の憂鬱。 ―― 210
転生公爵の企み。 ―― 218
転生公爵の敗北。 ―― 224
転生公爵の相談。 ―― 232
転生公爵の衝動。 ―― 238
転生公爵の午後。 ―― 245
転生公爵の驚愕。 ―― 259
総帥閣下の動揺。 ―― 272
或る密偵の憂慮。 ―― 281
第一王子の焦り。 ―― 288
王妃陛下の回顧。 ―― 297
【番外編】医師見習の衝撃。 ―― 305

プロローグ

御伽噺は数多く存在するが、エンディングは大体同じ文言で締め括られる。『めでたし、めでたし』。その言葉で終わる物語を、子供の頃の私もよく読んでいた。

冒険の旅に出た勇者は困難を乗り越え、両親の待つ故郷へと帰ってこられるし、攫われて塔の最上階に閉じ込められたお姫様は、白馬に乗った王子様が救いに来てくれる。ほっと安心して笑顔になれる物語のラスト……所謂、大団円が一番好ましい。

ハラハラもドキドキも大好きだけれど、それは幸せな終わりが約束されているから楽しめるのだと思う。大人になってからも、その考えに変わりはない。

ただ、ふと思った事がある。『めでたし、めでたし』のその後はどうなるのだろう。

村に帰った勇者は、また新たな旅に出たのだろうか。それとも幼馴染の女の子と、家庭を築く？

救い出されたお姫様は、王子様と結婚したのかな？

そんな風に漠然と、物語のその後を空想した。

そしてそれは、私の現実ともリンクする。

子供の頃からずっと、レオンハルト様のお嫁さんになる事だけを夢見ていた。そして、わき目も振らずに走り続けた結果、奇跡的に夢が叶った。

大切な人達に見守られながら、レオンハルト様と二人、教会で愛を誓い合う。ずっと思い描いていた、最良の日。

でも、ここが私のラストシーンではない。

最愛の人と結婚した後も、人生は続く。

『めでたし、めでたし』のその後に相応しい未来に出来るかは、私次第だ。

国内……否、世界初の女公爵として。それから、元近衛騎士団長にして国の英雄でもあるレオンハルト様の妻としても認められるような、素敵な淑女になりたい。

私の新たな目標は、決して無謀なものではないはずだ。

少なくとも、他国との戦争や魔王の復活を阻止しようとしたり、病の蔓延を防いだりするよりは、ずっと現実的な目標だろう。

実の父親にイノシシ呼ばわりされるような私でも、頑張れば立派なレディになれるはずだ。……たぶん、きっと。

そう信じている。

転生公爵の交流。

「オステン王国？」

医療施設の一室にて。

資料を捲る手を止めたヴォルフさんは、私の言葉を鸚鵡返しした。

聞き馴染みのない国名だからか、不思議そうな顔をしている。

「はい、大陸の東にある島国です」

「聞いた事ないわ」

「最近まで国交が無かったですからね。衣食住、どれも独自の文化を築き上げている国です。手先が器用で工芸品の質はとても高く、多くの商人が注目しているらしいですよ。排他的な民族と噂されていましたが、実は知識欲、好奇心共に旺盛で、文化レベルも高いそうです」

「マリー、アンタ、随分と詳しいわね。ちゃんと領主様、やってるじゃない」

嬉々と語る私を見て、ヴォルフさんは感心したように言う。

誉められた私は、喜ぶよりも先に言葉に詰まった。

何故なら披露した知識は、領主として学んだものではない。

馴染みの商人であり、友人でもあるユリウス様に教えてもらった。しかも、領主としての自覚による周辺諸国の情報収集ではなく、ごく個人的な理由で、だ。

「なんで変な顔しているの？　誉めているのよ？」

「……えーっと、実は、この国ってお米の産地なんですよね」

言いにくいながらも正直に答える。

以前、ユリウス様は、私に米粉を譲ってくれた事があった。

その時は偶然入手した物だったが、彼はちゃんと入手先を調べて、取引ルートを確立してくれた。

しかも米粉ではなく、ちゃんとお米そのものを。

そして、その米食文化がある国こそ、件の『オステン王国』だ。

つまり、私の旺盛な食欲と料理欲のたまもの。趣味が高じて得た知識だったりする。

「あー。アンタって、料理と食材の話になると目の色変わるものね」

お米の産地、というワードだけで悟ったらしい。

呆れ混じりの生温い目を向けられて、思わず視線を逸らした。

だって、米食文化があるのなら、他にもあるかもしれないじゃない。味噌とか、醤油とか、清酒とか。実際に調べてみたら、日本との共通点も多い。そりゃあ、がぜん興味が湧いて、何から何まで調べるよね。

「趣味は旦那に呆れられない程度に留めなさいよ」

胸に突き刺さる言葉だ。

仕事に差し支えるのは論外なので、もちろん本を読むのは自由時間に限る。でも同じ部屋にレオンハルト様がいるのに読書ってどうなのと、自分でも思う。

そういう時は大抵、レオンハルト様も読書しているし、特に不満がありそうな様子ではない。でもレオンハルト様が大人だから、私に気を遣ってくれている可能性もある。

ある日突然、蓄積した不満が爆発なんて事になったらどうしよう……。

いや、怒ってくれるならまだいい。改善するチャンスがある。でも別れを切り出されたら、私は死ぬ。メンタルの問題でなく、物理的に心臓麻痺で死ぬ。

レオンハルト様が離れていく想像をして、ゾッとした。

このままでは駄目だ。いつまでも年上の彼に甘えているばかりではなく、私からも行動を起こさなくては。

空いた時間は、いっぱいお話ししよう。

私の好きな事ばかりじゃなく、レオンハルト様の好きな事も一緒にしたい。運動音痴だけど、軽いスポーツくらいなら、私でも出来るはずだし。

そう決めて、神妙な顔で私は頷く。

するとヴォルフさんは半笑いで「まぁ、いらない心配でしょうけど」と呟いた。

「いえ、とても有用な助言です。私の趣味だけを押し付けるのではなく、相手の趣味を知るのも大事ですから」

「旦那の趣味はアンタでしょ」

「は？」

「アンタが何をしても『可愛くて仕方ない』みたいなデロデロの顔している男相手に、余計な心配だったたって言っているのよ。アンタがいびきかいて寝てようが、間抜けな顔で欠伸してようが、可愛いって言いだしかねないわ」

「い、いびきはかいてないですっ！」

かいていないよね⁉

自覚が無いだけだったらどうしよう、と明後日な方向に悩み始めた私を見て、ヴォルフさんは嘆息した。

「注目してほしいのはそこじゃないのよね。……アンタ達は本当、お似合いよ。色んな意味で」

最後に付け加えられた一言が若干気になるけれど、お似合いと言われるのは素直に嬉しい。

上機嫌になった私を、ヴォルフさんは残念なものを見る目で見た。

「まぁ、いいわ。それよりも、視察の話よ」

「そうでした」

かなり脱線していたが、その話をしに来たんだった。

医療施設が完成し、稼働し始めてからまだ一年半。

殆ど の施設がまだ手探り状態で、試用期間中だ。まともに動いているのは、クーア族が中心となって回している治療施設くらい。

しかし、そんな形になっていない施設であっても、周辺諸国からの注目度はとても高い。

稼働し始めてから、ひっきりなしに視察の申し入れがある。まだ試験段階なのでとお断りしても、食い下がってくるパターンの多い事よ。

見せるのは治療施設のみ、少人数で。且つ、職員の仕事の邪魔は決してしない事という条件でも引き下がらない。

仕方なしに受け入れ始めて、もう何度目だろう。今回は遠方の島国、オステン王国から視察の申し入れがあった。

「別に視察自体は初めてって訳じゃないから、構わないけれど……。また、身分だけ高いアホが交ざってないでしょうね？」

「あれはまた、特殊でしたからね……」

遠い目をしながら、思い返す。

基本は医療関係者、学者や研究者、政治に携わるお偉いさんのパーティーに少数の護衛が付く感じなのだが、一度だけ、医療の知識も興味もない高位貴族が交ざっていた事があった。

お金と地位だけでは満足せず、名誉を得ようとしたのだろうか。権力を振りかざして、視察団に入り込んだその人物は、自分の立場というものをまるで理解していなかった。

こちらの提示した条件を無視して、好き勝手に動いた。行くなという場所に行き、やるなと言う事を片っ端からやる。

病院関係者や患者に暴言を吐き、横柄に振る舞う。

それを聞いた私の堪忍袋の緒が切れた。滅多に行使しない領主権限を振りかざして、その人物の医療施設への立ち入りを禁じた。

傅かれる事に慣れ切った男は、私のような小娘に歯向かわれた事に我慢がならなかったらしい。茹でたタコのように真っ赤な顔で喚き散らした。

『公爵である自分に無礼である』、『これは国際問題だ』とか何とか騒いでいたが、知ったことではない。

私だって公爵だし、ついでに元王族だ。そちらがその気なら、全力で迎え撃とうではないか。元悪役令嬢らしく、権力もコネも使えるものは何だって使おう。

確かにこれは国際問題だと嫣然と微笑むと、相手側の顔色が変わった。

公爵は更に顔を赤く染め、怒り心頭といった様子だったが、周囲の反応は真逆。真っ青な顔で震えていた。

無理もない。まともな判断が出来る人間ならば、自分達の不利を理解しているだろう。

平伏しそうな勢いで謝罪した彼等は、未だに騒いでいる公爵を馬車に詰め込み、去っていった。

後日、その国から正式な謝罪文が届いた。

公爵は責任を取る形で、領地の一部を没収されたらしい。

同情はしない。寧ろ、ざまぁみろと、目の前で高笑いしてやりたいくらいだ。

「まぁ、ああいう馬鹿は何処にでもいるから、早いうちで良かったのかも。他の国への見せしめにもなったし。それに、何かあってもアンタが全力で守ってくれるって皆、分かったみたいよ」

今まで以上に精力的に働くようになって良いこと尽くめだと、ヴォルフさんは楽しそうに笑った。

そういえば、あの件以来、従業員との距離が縮まった気がする。

クーア族の皆は気安く接してくれるけれど、新しく病院で働くようになった人達とは壁があった。

でもそれも仕方のない事だと思う。何せ私は、肩書きだけは凄い。

いくら中身がただの残念女子だとしても、知らない人からすれば『元王女で、現女公爵』という近寄り難い存在だ。

寂しいけれど、時間を掛けて慣れていくしかないと思っていたところに、この騒動が起きた。

禍を転じて福と為す。横暴公爵が残した、唯一の功績だと思う。

今では、忙しい時に、変装した私がこっそり手伝っていても何も言われない。生温い目で見られているので、変な領主だと噂されているかもしれないけど。

「もう一回、馬鹿の相手するのは御免だけど。オステン王国とやらの人達はまともだといいわね」

「オステン王国は礼儀正しい人が多いと聞いているので、大丈夫かとは思いますが……。実は第三王子殿下が、視察団に志願されたそうなんですよ」

「なんで、わざわざ王子が？　しかも第三王子って。まさか、功績を挙げてあわよくば、なんて面倒臭い話じゃないでしょうね？」

ヴォルフさんは訝（いぶか）しむように、片眉を跳ね上げる。

「いえ、そういうのではないようですよ」

オステン国の王族は、代々、子宝に恵まれやすいらしい。

現国王にも、王子が四人、王女が二人いる。

しかし、ヴォルフさんが懸念するような王位継承権を巡って骨肉の争いという問題は起こっていない模様。

子供が多い家系だからこそ長子相続という考えが、しっかりと根付いているのかも。

現在も皇太子と、右腕である第二王子の仲は良好。第三王子と第四王子は、成人すると共に臣籍降下する予定らしい。

そう説明すると、ヴォルフさんは「なるほど」と頷く。

「独立後の将来の為に、見識を深めるつもりってとこかしら」

「おそらく」

「ならきっと、下手な真似はしないわね」

「そう願います。ですが万が一、あの公爵のように横暴な人でしたら、私が対応しますので」

「あら、頼もしい」

ヴォルフさんは笑って、「分かったわ」と言った。

「話は通しておくし、忙しい時期じゃなければ、リリーかロルフに案内させるわよ」

「宜しくお願いします」

リリーさんはともかく、ロルフが案内役だと初めて聞いた時は驚いたものだ。

しかも、無駄口は叩かず、けれど相手が知りたいだろう情報は丁寧に説明するので評判は上々。

あのクソガキ選手権代表みたいなロルフが。息をするように私に暴言を吐いていたあのロルフが。

人は変わるものだなと妙に感心してしまった。

いや、私には相変わらずなんだけどね。

『変わった』のではなく、『相手を見て使い分けている』というのが正しいのだろう。ヴォルフさん曰く、甘えているらしいが本当だろうか。

まぁ別にロルフの暴言くらい、ノーダメージだから構わないけど。ツンケンした態度も、反抗期の子育ての予行練習だと思っておく。

本人が聞いたら怒り狂いそうだから言わないけど。

ヴォルフさんとの話し合いを終えて退室すると、扉の外で待機していたクラウスの視線がこちらを向く。

「待たせてしまって、ごめんなさい」

声をかけるとクラウスは、端整な顔を綻ばせる。

「いいえ、至福の時間でございました」

思わず顔が引き攣った。

護衛任務に遣り甲斐を見出してくれるのはいいけど、廊下で待機しているだけで幸せにならないでほしい。

これ、放置プレイとかじゃないから。少し話し込んじゃっただけだから。

たまたま通りかかった若い女性職員がうっかり笑顔を見てしまったらしく、顔を赤らめて見惚れているけれど、目を覚ましてと言いたい。

確かに容姿は一級品だけど、中身は取扱注意物件だからね？

近衛騎士団を辞職し、公爵家の騎士団へと入団してから一年。

クラウスも三十路となって、年相応に落ち着いた男性となった。

私の事も賛美するだけではなく、駄目な部分は諫めたりもする。忠誠を誓い、全力で支えてくれながらもイエスマンではない。自分の意見を持った有能な部下だ。

ただ、コレだけはどうしても直らない。

孫馬鹿なお爺ちゃんみたいに私の存在をまるっと肯定するのと、ちょいちょい見過ごせない変態発言をするのは健在だ。

「貴方様の下で働ける事自体が幸福であると理解はしておりますが、敬愛する御方を、直接この手でお守り出来る栄誉は、やはり格別」

レオンハルト様が傍にいる時は彼が補佐だけでなく、私の護衛も務めてくれる。

そして屋敷にいる時は殆ど一緒にいるので、クラウスの出番は少ない。

その反動なのか、今日はやたらと楽しそうだ。キラキラし過ぎていて、エフェクトがかかっているようにすら見える。目に痛い。

「クラウス、貴方、またマリーちゃんを困らせているの？」

溜息交じりの声が聞こえた。

振り返るとそこにいたのは、見覚えのある美女。

襟の詰まったグレーのシンプルなワンピースに、白いエプロン。体の線が出難い看護師の制服でも、素晴らしいプロポーションは隠しきれない。

波打つ豊かな黒髪と長い睫毛に縁どられた吊り上がり気味の瞳。赤い唇と、そのすぐ下にある黒子が色っぽい妙齢の女性は、私を見て微笑む。

「ビアンカさん」

「久しぶりね、マリーちゃん」

ミハイルのお姉さんであり、私の友人でもあるビアンカ姐さんは、実家の子爵家を出て、医療施設で働き始めた。船旅の時に船員さんやクラウスの治療を手伝った事で、医療分野に興味が出たらしい。あれから、こっそり医学の勉強をしていたそうだ。

「お仕事は慣れましたか？」

「まだまだ未熟者だから、教わる事がいっぱいよ」

ビアンカ姐さんはそう言いながらも、生き生きとした表情で笑った。

昔から綺麗(きれい)な人だったけれど、今は更に輝いて見える。ミハイルと同じく、医療関連の仕事はビアンカ姐さんの性に合っているんだと思う。

「マリーちゃんに頼ってもらえるくらい成長してみせるから、待っていて」

「はい、楽しみにしています」

嬉しくなって、ついヘラリと笑み崩れる。

するとビアンカ姐さんは驚いたように目を丸くして、マジマジと私を見た。

「？」

「マリーちゃん……貴方」

「え、何かありました？」

ビアンカ姐さんは私の頬に両手を当てて、覗(のぞ)き込(こ)む。真剣な表情に、思わず気圧(けお)された。

私の顔がどうかしたのだろう。糸くずでもついていたのかな。

「女神様になったの？」

「……は？」

ビアンカ姐さんの言葉を理解するまで、数秒を要した。言葉は通じているはずなのに、意図がまるで理解出来ない。

分かり難い冗談かと思ったけれど、そういう雰囲気では無い。

真顔でそんな事言われて、私はいったいどう返せばいいのか。

「可愛いのはもちろん知っていたけれど、こんなにも綺麗になるなんて……。あ、今の笑顔は簡単に振り撒いちゃ駄目よ。下手したら死人が出るわ。ある程度、耐性があるはずの私でも心臓止まるかと思ったんだから」

「え」

「ああ、その顔もいけないわ。可愛過ぎて、悪い虫が寄ってきてしまうもの」

「あの」

「昔は天使様だったけれど、結婚して女神様になったのね。尊い……尊いわ。こうして成長して女神様になったマリーちゃんに会えるだなんて、この職場は天国よ」

ビアンカ姐さんの恍惚（こうこつ）とした表情は、それこそ女神のソレ。誰もが振り返らずにいられない麗しいお顔なのに、捲（まく）し立てている言葉が残念過ぎる。

あと病院で天国とか不吉なので止（や）めていただきたい。

私が固まっていると、見かねたクラウスが間に割って入った。

「困らせているのは、そちらだろう」

呆れたように言うと我に返ったビアンカ姐さんは、きまり悪そうに視線を逸らす。

「久しぶりに会えて、興奮しちゃったのよ。……ごめんなさいね、マリーちゃん」

「は、はい。大丈夫です」

「嫌いになってない？」

勢いに圧倒されてはいたものの、特に嫌な思いはしていない。

しゅんと萎（しお）れたビアンカ姐さんの可愛らしい質問に、私は笑って頷いた。

「はい、大好きです」

「……尊い」

異口同音。ビアンカ姐さんだけでなく、何故か、クラウスまで同じ言葉を呟いた。

二人して両手を組んで、私を拝むのは勘弁してほしい。

通りかかった人達が何事かと驚いているから、早急に。ほんと、止めて。

どうにか止めてもらえたのはいいけれど、二人はじっと互いの顔を見つめてから、がっちりと固い握手を交わした。

妙齢の男女でありながら、色気は一切無い。河原で殴り合った後の少年らのような顔で頷き合っている。

この二人、寄ると触ると喧嘩(けんか)しているイメージだけど、実は気が合うんじゃないかな。言ったら怒られそうなので、口には出さないけれど。

「姉さん」

パタパタと少し急いだ足音が近付いてきたかと思うと、声がかかる。ビアンカ姐さんは彼の姿を見て、軽く手を挙げた。

「ミハイル」

「時間あれば、少し手伝ってほしいんだけど……って、あれ。王女様」

青みがかった黒髪と優しげな同色の瞳が印象的な美青年、ミハイルは、私の存在に気付いて目を瞬かせる。

次いで、柔らかな笑みを浮かべた。

「お久しぶりです。元気でしたか？」

「うん、元気よ。ミハイルは忙しそうね」

「王女様こそお忙しいでしょうし、体に気を付けて……って、また呼び方戻っちゃいました。マリー様、ですね」

途中で気付いたのか、照れたように頬を染めた。成人男性には嬉しくない表現だろうけど、相変わらず可愛い人だなと思う。

「皆のお蔭で病院も軌道に乗ってきたし、随分休めるようになってきたわ」

笑って答えると、ミハイルは「良かった」と笑みを深める。

「ところで、何か急いでいたのではない？」

「あ、そうでした。姉さん、手を借りてもいい？　今日は患者さんが多いから、リリーさんの補佐をしてあげてほしいんだけど」

「リリーちゃんの？　もちろんよ」

任せて、とビアンカ姐さんは目を輝かせる。

年下の女の子が大好きなビアンカ姐さんにとって、リリーさんとのお仕事はご褒美なんだろう。私の手を握って、「また来てね」と笑顔で言ってから、スキップしそうな軽い足取りで去っていった。

最近、リリーさんとミハイルの距離が更に縮まっているようだが、この分だとお嫁さんと小姑さんのバトルは一切心配なさそうだ。

「嵐のようでした」

クラウスは疲れたように、溜息を吐く。

「いつも元気よね。病院の雰囲気も明るくなりそう」

「元気というか、常軌を逸しているというか……」

何とも言い難い顔で、クラウスは呟く。

いや、君も大概だと思うよ。

ガラガラと車輪の音を響かせながら、馬車が進む。街中を通り抜けると車窓から見える風景は変わり、畑や草原が広がる牧歌的な景色が続く。

元王家直轄領、そして現在は公爵領となったプレリエ地方。

王都からさほど離れていない距離にあるが、街並みもそこに暮らす住人の気質も、どこかのんびりとしている。

程よく田舎で、程よく発展している、現代日本においての地方都市のようなここが、私の治める土地だ。

ちなみに臣籍降下した私の姓も地名から取り、現在の名は、ローゼマリー・フォン・プレリエとなった。可愛らしい語感が、とても気に入っている。ヴェルファルトという仰々しい響きより、こちらの方が好きだ。

なんといっても、レオンハルト様とお揃いだし。

夫婦なんだから当たり前だけれど、書類にサインする度に結婚した事を噛み締めてしまう。未だに私の心境は、妻というよりガチ恋勢のオタクだ。

毎朝、「おはよう」と挨拶を交わすだけで胸がいっぱいになる。

凛々しくも麗しいお顔に毎日のように見惚れ、優しくされる度に胸を高鳴らせている。

美人は三日で飽きるなんて聞いた事があるが、とんでもない。寧ろ、どうやったら落ち着けるのかを教えてほしいくらいだ。

しかも最近、色気が凄い。

年を重ねて尚、美貌に陰りがないどころか、より一層魅力的になっている。少し目を細め、口角を上げる笑い方のなんと罪深い事か。

あの甘い微笑みを向けられると、それだけで腰が砕けそうになる。

レオンハルト様の事はいつ何時も、まるっと全部好きなんだけど、容姿だけでいうなら今が一番好きかもしれない。

穏やかな笑みと落ち着いた立ち居振る舞い、それでいて隙のない立ち姿。大人の男性の完成された美しさが、今の彼にはある。

それでいて、彼の美しさはここが天井ではないとも確信している。

たぶん来年は来年のレオンハルト様を、一番好きになる自信があった。十年、二十年経ってナイスミドルとなったレオンハルト様を思えば、それだけで興奮する。

ごめんなさい、レオンハルト様。落ち着くのは今後も無理かもしれない。

たぶん貴方の妻は一生、同担拒否ガチ恋勢オタクのままです。

くだらない事をつらつらと考えているうちに、家へと帰ってきていた。

馬車を降りて屋敷へと入ると、広い吹き抜けのエントランスにレオンハルト様の姿があった。仕事の話をしていたのか、傍らには騎士団長の姿がある。

私の存在に気付いたレオンハルト様の表情は、仕事モードの凛々しいものから柔らかな微笑へと変わった。

「ローゼ」

はぁ……しゅきぃ……。

夫のファンサが今日も神懸かっている。

目にハートマークを浮かべる勢いで笑顔を返す。

腕を広げて出迎えてくれたレオンハルト様の胸に遠慮なく飛び込み、そっと抱き着いた。ああ、良い匂い。

「ただいま」

「おかえりなさい。病院の様子はどうでしたか?」

「相変わらず忙しいようですが、皆、元気そうでした。あ、視察の件も了承してもらえましたよ」

「それは良かった。こちらも今、その視察の警備について話をしていたところです」

レオンハルト様の匂いを堪能し終え、名残惜しいながらも体を離す。

私が視線を向けると、騎士団長は胸に手を当てて礼をする。

「お帰りなさいませ、公爵閣下」

そう言って笑う彼は、ギュンター・フォン・コルベ。

肩に届くくらいの長さの柔らかそうな栗色の髪と、目尻の少し下がった同色の瞳。目鼻立ちは程よく整い、若い女性に好まれそうな甘い顔立ちをしている。

話し上手で雰囲気も明るいせいか、申し訳ないが第一印象は『チャラい』だった。少し話してみて、すぐに真面目で良い方だと分かったけれど。

実はレオンハルト様の同期で、古い友人らしい。

剣の腕も確かで、近衛ではなく王都の警護を担当する第三騎士団の副団長を務めていたのだが、辞職し、公爵家の騎士団へと移ってきてくれた。

現在は、領内の警備を担当するプレリエ第二騎士団の団長である。

「ただいま帰りました、コルベ団長。視察団が滞在する一週間、大変でしょうが宜しくお願いしますね」

「美しい公爵閣下のお役に立てるのでしたら、喜んで。粉骨砕身の覚悟で任務に当たりましょう」

男臭さを感じさせない柔らかな顔立ちには、気障な仕草と言葉が似合う。

女性全般に紳士な彼にとってはただの挨拶だが、あんまり軽口を叩くと、いつか後悔するのではないかと心配になった。

ギュンターさんは独身だけど、想い人がいる。

王都で働いている年上の美女で、何度も振られているとの事。その方が第一線を退いたら、こちらに居を構えたいと話していたのを小耳に挟み、颯爽と引っ越してきたらしい。なんて思い切りがよくて行動力のあるストーカーなんだ。

実害のあるストーカーではない……というか、こう見えて純情で相手に嫌われるような行動は怖くて出来ないタイプのようなので、今のところは見守っている。

お相手が嫌がったら、その時は全力で引き離そう。

私の手を掬い上げて指先に口付ける真似をしたギュンターさんを、レオンハルト様が押し退ける。

彼は私の腰に腕を回し、抱き寄せた。

「妻に馴れ馴れしく触るな」

「ひょわ」

予想外のデレに、おかしな鳴き声が洩れた。

不機嫌そうな横顔に、トキメキが止まらない。私の旦那様が死ぬほど恰好良い。

「ただの挨拶でしょうが。この程度に一々反応していたら、夜会とかどうすんだよ」

「家でまで我慢する必要はないだろう」

「なるほど。公式の場では一応、我慢していると」

ニヤニヤと笑うギュンターさんから、レオンハルト様はふいと視線を逸らした。

何事もスマートな彼らしからぬ子供じみた態度は、言葉よりも雄弁に肯定の意を示している。

ええー……マジか。マジですか。

挨拶であっても、他の男性が触れるのは嫌だったりするの？　澄ました顔しているから、全然気が付かなかったけれど、実はこっそり妬いているとか？

何ソレ最高。

にやけそうになる口元を手で隠しながらも、レオンハルト様を見上げていると、チラリと視線がこちらを向く。

照れたように頬を薄(う)っすら赤らめながら、手で私の視線を遮った。

「あまり見ないでください」

情けない顔をしているので、と掻(か)き消えそうな声で付け加えられて心臓が止まりそうだ。

「レオンはいつでも恰好良いですよ」

今日は可愛いけど、と心の中だけで呟いたのは内緒だ。たぶん拗(す)ねちゃうからね。

それが伝わったのかどうかは分からないけれど、少し複雑そうな顔でレオンハルト様は苦笑した。

「奥さん相手だと、お前もそんな風になるんだなぁ」

私達の様子を見守っていたギュンターさんが、しみじみと言う。

「いいなぁ、新婚。オレも『情けない貴方も素敵』とか言われてみたい」

「……ギュンター」

鋭い目で睨(にら)まれて、ギュンターさんは降参とばかりに両手を軽く上げた。

「ごめんて」

からりと笑いながら謝罪する姿からは、反省は伝わってこない。でも『しょうがないな』と思わせるのは彼の人徳か。

「お詫びじゃないけど、今からでも本当に恰好良いとこ見てもらったら？」

「は？」

「久々に打ち合いしようぜ。騎士団の連中もお前に稽古つけてもらいたいみたいだし」

その言葉に、私は目を輝かせる。

レオンハルト様はいつでも素敵な最高の旦那様だけど、剣を振るう姿は一際恰好良いから。

「何故、今……」

レオンハルト様は嫌そうな顔を彼に向ける。

しかしギュンターさんは怯んだ様子もなく、視線で私の方を示した。

「今でなくちゃ意味ないだろ。惚れ直してもらえる絶好の機会を棒に振る気ですか？　総帥閣下」

「…………」

レオンハルト様は、苦虫を噛み潰したような顔で黙り込む。けれど本当に嫌という訳ではないのか、顔は少し赤い。

ちなみに総帥閣下と呼ばれているのは、公爵領の軍部の指揮をレオンハルト様にお任せしているからだ。

最高司令官……良い響きだよね。決して趣味で、その地位に就いてもらったんじゃないけど。

……いや、本当だよ。たぶん。

「ローゼ。……見ていてくれる？」

「もちろんです！」

意気込んで答えると、レオンハルト様は照れたように笑う。

それから一時間程、私は至福の時間を過ごした。

本当、最高でした……。

あっという間に時間は過ぎ、視察団がプレリエ公爵領へと到着した。

長旅で疲れているだろうから一日は休息をとってもらい、滞在日二日目に、領内の案内、それから歓迎会がてらの食事会を開く予定。で、肝心の病院の視察は三日目からとなる流れだった訳だけども。

到着早々に使者がやってきて、二日目の案内と食事会の予定が、まるごとキャンセルとなった。

どうやら、数人が体調を崩しているらしい。

病院で診察か、医者の派遣を手配しようかと思ったが、それは固辞された。

発熱や咳などの目立った症状はなく、倦怠感と食欲不振くらいなので、ただ単に疲労が溜まっただけとの事。

オステン国は大陸から離れた島国だし、長い船旅だけでも相当に体力を削られるのだろう。それに加えて陸路でグルント王国を横断しているのだから、疲れが溜まって当然。

それに食事だって、自国のものとは違う。

オステン国がどこまで日本と似ているのか、まだ詳しくは分かっていないけれど、油分が少なく、あっさりした味付けの多い日本食に近い文化なら、かなり辛（つら）いだろう。

肉にバターにクリームと、重めな洋風料理に胃もたれしてないといいけど。

ああ、でも自国から食材は持ってきているか。

米や調味料なら保存が利くだろうし、野菜や魚を買って、自分達で料理している可能性が高い。

そう考えると、食事会、開かなくて良かったかも。

実はユリウス様からオステン国の食材を大量に仕入れ、テンション上がっていた私は、食事会に出す料理として、和食もどきも用意していた。

領地の食材を使ったネーベルの料理も出すけれど、それだけじゃなくて、お米を使ったものも出そうと考えていた。

遠路はるばる旅してきた彼等は、そろそろ自国の料理が恋しい頃だろうと思っての事だった。でも、大陸に着いてからも自炊している可能性を考慮していなかった。

せっかくのオステン国風の料理を、本場の人に食べてもらえなかったのは残念だけど仕方ない。とても恐縮している使者の方に、気にならないでくださいと伝えてから、お見舞いとして果物を持たせた。

それから、作り置きしてあった蜂蜜レモンもついでに。

船旅と聞くと、未だに壊血病が思い浮かんでしまう。考え過ぎだろうけれど、一応、ビタミンCを摂取してほしい。

少量の塩と共に、水に混ぜてレモン水にしても美味しいですよと、勧めておいた。

馬車にお見舞いの品を詰め込み、何度も頭を下げながら去っていく使者の方を見送った。

「さて。どうしよう……」

晩餐の為に大量に用意してしまった食材を思い浮かべて、つい溜息を吐く。

無駄にはしたくないので、徐々に消化していくしかない。幸いにも、下拵え段階前のものはまだ保存も利くし。

肉類は乾燥させて保存食にしてもいいが、勿体ない気もする。

「良い機会だから、私も久しぶりに料理してみようかな」

誰に向けるでもない独り言を、ぽつりと零した。


動きやすいワンピースに着替えてから向かった厨房では、料理人総出で作業をしていた。

食材を少しでも無駄にしないよう、保存加工をしてくれているようだ。かなり忙しそうな様子に声を掛けるのを躊躇したが、思い切って料理長を呼び止めた。

「あの、ちょっといい？」

「これは公爵様。如何されましたか？」

「忙しい時にごめんなさい。端の方でいいから、厨房を借りられるかしら？」

「もちろん、お好きに使っていただいて構いませんが……、公爵様が、ご自分で料理をされるのですか？」

料理長は明らかに戸惑っていた。

無理もない。貴族の御婦人や裕福な商家の令嬢ですら料理をしない世界で、元王女が厨房でいったい何をするんだと疑問に思って当然だ。

晩餐会用の料理のレシピを提案したとはいえ、知識だけの頭でっかちだと思われている可能性が高い。

「レオンの昼食を作りたいの。お客様の晩餐用に用意してあった食材をいくつか分けてくれる？」

「……かしこまりました」

数秒の沈黙の間に、料理長は喉まで出かかった言葉を呑み込んだのだろう。

元王女が料理を作れるとは思えなくても、夫の食事を作りたいという願いを却下する事も出来ない。そんな葛藤をさせてしまった事を、申し訳なく思う。

お肉や卵などの食材を受け取り、私は端の方で料理に取り掛かった。

最初は恐る恐る様子を窺っていた料理人達だったが、私がサクサクと下拵えをしていく過程を見て、驚いていた。

「公爵様は料理の経験もございましたか」

どうやら任せても大丈夫だと、認めてくれたらしい。私の横に立っていた料理長は、感心したように呟く。

「趣味で、少しだけね」

「見習いの料理人達より、よほど手際が良いですよ。ところで、どのような料理を？」

レオンハルト様に渡す予定のお弁当のメニューはオーソドックスに、おむすびと唐揚げと卵焼き。調味料が揃っていないので、似て非なるものになると思うけれど、それでも工夫すれば美味しいものが出来ると思う。

口頭で簡単に説明すると、料理長は考え込むように数秒、沈黙した。

「……もし、宜しければ、私共も後学の為に味見させていただきたいのですが」

「……お口に合うか分からないわよ？」

「構いません」

「そう。なら、あるだけ作っちゃいましょうか」

確か、視察団の日程変更に伴い、護衛や見回りの予定を組み直す為に騎士団の人達も集まっているはず。

好みもあるだろうから食べるかどうかは個人の判断に任せるとして、少なくともクラウスは食べたいと言ってくれる気がするし。

そこからは、目が回るような忙しさだった。

旦那様への手作り弁当を作るという、良妻を気取った優雅なクッキングではない。これはもう、炊き出しだ。

大鍋いっぱいのお米を炊いて、鶏肉に下味をつけて、卵を割って溶いて。一つ一つの工程は単純でも、量が半端ないのでしんどい。

途中からは、もう無心だった。唐揚げを揚げる機械の気分で、ひたすら手を動かしていた。

「……？　なにか騒がしいわね」

揚げ油の音に混じって聞こえたざわめきに、ふと顔を上げる。室内をぐるりと見回すと、戸口の辺りに人が集まっていた。しかも体格の良い男性ばかり。

「何事？」

「騎士団の方々が、匂いに釣られてやってきたようですよ」

手伝ってくれていた料理長が苦笑する。

言われてみると、確かに第二騎士団の人達だった。何てことだ。我が領地の誇る精鋭達が、まるでお腹（なか）を空（す）かせた小学生男子のようではないか。

微笑ましいような、そうでもないような。普段の凜々しい顔付きの彼等を知っているだけに、複雑な気持ちになった。

どうやら肉体労働者の唐揚げ好きは、世界線を超えるらしい。

「食材が無駄にならなそうで良かったわ」

やや呆れながらも、無理やりそう納得した。

作業の方に意識を戻して、油の中から唐揚げを掬い上げる。油切りに用意しておいた網の上に積み重ねていった。

それを何度か繰り返してから手を止めて、額に浮かんだ汗を拭う。

「……うん？」

気のせいでなければ、さっきよりも人が増えたような。いつの間にか、第一騎士団の者達も混ざっていると気付いて、唖然とした。

プレリエ公爵家の人間と要人の警護が主な職務である第一騎士団は、晩餐会のキャンセルで予定が大きく変わっている。団長はもちろんの事、副団長であるクラウスもレオンハルト様との打ち合わせで、ずっと執務室に籠っているようだ。

一般の団員達は打ち合わせに参加しないとはいえ、こんな場所で油を売っていて、怒られやしないかと心配になる。

大らかな団長には見逃されたとしても、クラウスは割と口煩いのに。

役職持ちになる事を嫌がっていたクラウスだが、今ではキチンと役目を果たしている。意外と適性があったんだろう。

クラウスは第一騎士団の副団長に推挙された時、一度、辞退しようとした。自分には不相応です、なんてしおらしく言っていたが、本音では面倒だったのだろう。彼は地位や名誉よりも、身軽さを重視する。

しかし、そこはレオンハルト様の方が一枚上手だった。

ならば公爵閣下の護衛は任せられないと冷ややかに告げられ、クラウスが折れた。苦虫を噛み潰したような酷（ひど）い顔をしていたが、承諾した事に変わりはない。

結果的に上手（うま）くいっているんだから、レオンハルト様に見る目があったと言えよう。癖のある部下……クラウスの手綱もちゃんと握っているし、私の旦那様は凄い人だ。惚れ直した。

「足りますかね……？」

過去を振り返っていた私の意識を引き戻したのは、不安そうな料理長の声だった。ぼんやりしていた間にも、更に人数が増えている。

「こんなにも大量にあるんだから、足りる……わよね？」

私まで、不安になってきた。

そもそも唐揚げなんて、この国には無い料理なのに、この食いつきの良さは何なんだろう。首を傾（かし）げながらも、大皿に唐揚げを山盛りに積み上げる。

見ているだけでも胸焼けしそうなのに、これでも足りないかもしれないなんて。騎士達はいったい、どれだけ食べるんだろう。

レオンハルト様の分と、自分の分。それから、材料調達に協力してくれたユリウス様への差し入れ分を取り分けてから、後はお好きにどうぞと料理長に任せた。

おにぎりと卵焼きも合わせて、バスケットに詰める。雪崩（なだ）れ込んできそうな勢いの騎士達の間をすり抜け、厨房を後にした。


執務室ではまだ、打ち合わせが行われていた。

お仕事の邪魔をしてはいけないと思い、執事長に声を掛ける。

「レオンの昼食を用意したから、渡してもらえる？」

いつもなら二つ返事で了承してくれる執事長は、何故か困り顔で口を噤む。逡巡している様子が言葉を選んでいるように見えて、不安になった。

「……やっぱり、公爵家の食事としては相応しくないかしら？」

米料理に慣れていない人には、おむすびがいいかと思って作ったけれど、手掴みで食べるのは、抵抗があるのかも。サンドウィッチはこの国にもあるけれど、庶民料理の位置付けだし。

おかずも庶民料理に分類されるものだし、中で仕切られているとはいえ、器は一つ。コース料理が基本である貴族の食事としては、かなり異質だ。

「やっぱり駄目よね」

「いいえ！」

恥ずかしくなって俯くと、執事長は慌てて否定する。

私が引っ込めかけたバスケットに手を添え、首を横に振った。

「貴方様が手ずから作られた料理を貶める人間など、この公爵家におりません」

「でも、マナーとか……」

「こちらは異国の料理なのですよね？　郷に入っては郷に従えという言葉がございます。手掴みが基本なら、従うのが道理。寧ろ、その国の流儀に異を唱え、自国のマナーを持ち出す方がよほど無礼だと思われませんか」

「え、ええ。そうね……？」

滔々と語られ、ぱちぱちと瞬きを繰り返す。

静かに微笑む姿が常の執事長とは思えぬ必死さに、少しばかり引いてしまった。

「失礼致しました」

私が圧倒されている事に気付いた彼は、一歩下がる。少し恥ずかしそうに頬を染め、コホンと咳払いをした。

六十手前のおじ様を虐める趣味なんて無いはずだが、ちょっとキュンとしてしまった。

「ええっと、なら、何か別の問題があるのかしら？」

気を取り直して聞くと、執事長は少し迷った後に口を開く。

「……差し出がましい事とは存じますが、私がお渡しするよりも、奥様が直接お渡しされた方が、旦那様は喜ばれるのではと」

「！」

予想外の言葉に、目を丸くする。

「でも、お仕事中よね？」

「お部屋にいらっしゃるのは騎士団の皆様ですので、お許しいただけるでしょう。少々お待ちください」

「え、ちょっ……」

私の引き留める声も聞こえないかのように、執事長は部屋へと入っていってしまった。

執事長が、いつもの執事長じゃない。普段は穏やかで品の良い、ロマンスグレーなおじ様なのに。

しかし、彼らしからぬ強引な行動を見ていたはずの侍女達は、特に驚いていない。困惑しているのは私だけ。

腑に落ちなくて首を傾げていると、程なくして扉が開いた。

少し焦った様子で、レオンハルト様が廊下へと出てくる。所在なく佇(たたず)む私を見つけて、墨色の瞳が柔らかく緩んだ。

「お仕事中にごめんなさい」

「丁度、区切りがついたところですので気になさらないでください。それよりも、昼食を作ってくれたと聞いたのですが」

「うん。その、口に合うかは分からないけれど、……食べてくれる？」

「もちろんです」

レオンハルト様はそう言って、バスケットを受け取ってくれた。

「ありがとう。大変だったでしょう？　大事に頂きますね」

嬉しそうな笑顔を見て、私も嬉しくなってくる。

直接渡さないと、この顔は見られなかったなと、執事長に感謝した。

「これから街に出てきます。ユリウス様の所にお礼を届けがてら、街中の様子を見てきますね」

「クラウスを連れていきますか？」

少し考えてから、首を横に振った。クラウスには副団長としての仕事があるし、今日は別の護衛が付いている。頼りになるけれど少し物騒なお兄さんも、陰ながら見守ってくれている筈だ。

レオンハルト様は「そうですか」と頷いた後に、身を屈め、そっと私の頬に口付ける。

「いってらっしゃい。気を付けて」

「はい。早めに戻りますね」

私もレオンハルト様の頬にお返しのキスをした。

挨拶だと分かっていても、やはり少し恥ずかしい。頬が熱くなるのを感じながら離れると、笑顔の侍女達と目が合った。執事長も同じく、良い笑顔だ。

応援してくれるのは嬉しい。でも、生温い目で見守られていると思うと恥ずかしいので、止めていただきたい。


中心街のとある一角で馬車が止まる。

賑やかな目抜き通りから一本外れた場所にある、古びた石造りの建物の前だ。住人が亡くなってから十年近く放置されていたが、最近になって綺麗に整えられた。

買い取ったのはもちろん、ユリウス様だ。

建物自体はそのままで、傷んでいた木枠やドアを交換。ハンギングボールや吊り看板で軽く装飾すると、瀟洒な店舗に早変わりだ。

本拠地は王都で、アイゲル侯爵家の治める領地や港町など、様々な場所に拠点を持つユリウス様だが、最近はここ、プレリエ公爵領を中心に活動している。

今後、プレリエ領は経済の中心となるとユリウス様は仰った。

商売人である彼は、商機を逃さない。医療施設計画が持ち上がった段階で、既にここを買い取っていたと聞いて驚いた。

更に、目抜き通り沿いにある店舗も押さえてあるというのだから、抜け目がない。

「ようこそ。お待ちしておりました」

重厚感のある木製のドアを叩くと、ユリウス様本人が出迎えてくれた。

品の良い美貌は相変わらずで、年齢を感じさせない若々しさだ。

中へと足を踏み入れた私は、思わず感嘆の息を洩らした。内装はアイボリーの壁に黒の腰壁。床板も黒に近いダークブラウンで、全体的に落ち着いた印象を受ける。

ヴィンテージ感のあるダークオークの棚には一目で良い品だと分かる見事な細工の時計から、前衛的なデザインの置物まで、幅広い品が取り揃えられていた。

雑多なようでいて、不思議と調和のとれた配置にセンスを感じた。

奥まった立地条件や古い建物の雰囲気も相まって、特別なお店感がある。私も魔法のお店に足を踏み入れたみたいで、密かにテンションが上がっていた。

しかも、お店の奥で静かに頭を下げてくださった従業員の方も、品の良いお爺様。流石、ユリウス様。分かってらっしゃる。

「お時間があるようでしたら後ほど、少し店内を案内させてください。女性目線での意見をいただけたら有難いです」

目を輝かせていた私に、ユリウス様はそんな提案をしてくれる。

もうとっくに成人しているのに、好奇心旺盛な子供みたいで恥ずかしい。でも正直、商品の説明は聞きたいので「是非」と頷いた。

「ゲオルク様は、ご一緒ではないんですか？」

周囲を見回しても、姿は見えない。

ユリウス様の甥っ子であるゲオルクは、次期当主としての勉強と並行してユリウス様の商売を手伝っている。

プレリエ領に店を出す関係で、今日はこちらに来ていると聞いていたのだけれど。

「ああ、大通りの方の店で改装の指揮をしています。予定より長引いていたので、置いてきてしまいました」

「えっ」

「大丈夫ですよ」

それは本当に大丈夫なやつ？　また仕事を押し付けたと、後で怒られるパターンなのでは？

ユリウス様が穏やかで理知的な大人の男性であるのは間違いないのだが、同時に結構な自由人でもある。

商品の買い付けにふらりと出かけて、中々帰ってこないという話を何度か耳にした。

その度に尻拭いをさせられているのは、優秀な従業員と生真面目な甥っ子だ。

優雅な所作と華やかな美貌のゲオルクは、社交界で『春の貴公子』と呼ばれ人気も高い。

しかし残念ながら私の中では、額に青筋を浮かべ、滾々と叔父を説教している彼のイメージの方が強く残ってしまっている。

今回もたぶん、いつの間にか消えていた叔父に激怒している事だろう。

頑張って、オカン。強く生きて。

苦労性のゲオルクに同情しつつ、ユリウス様の後に続いた。

店内を通り抜け、奥にある部屋の一つへと通される。

勧められたソファに腰掛け、お付きの侍女に目配せをすると、手際良く用意をしてくれた。

「これがオステン王国の料理ですか」

ユリウス様は目を輝かせて、机に並べられたお弁当を眺める。

「いえ。オステン王国産の材料をいくつかは使っていますが、調理法は自己流です。私好みの味付けにしてしまっているので、本場の味とは全く違うかと」

「それならきっと、私の好みでもありますね」

少年のように曇りない笑顔を向けられ、私も釣られるように笑った。

「では早速、頂いても宜しいですか？」

「ええ、どうぞ。こちらは主食のお米です」

「これは紙……ではないですね。何かの葉ですか？」

「竹という植物の皮を干したものです」

ユリウス様は竹の皮を手に取って。観察し始めた。商売人としての興味もあるだろうが、彼は基本、珍しいものが好きだ。

竹の水筒とか作ってあげたら、喜ぶかもしれないな。

「……。ああ、すみません。夢中になるとすぐ周りが見えなくなる」

ユリウス様は照れたように頬を掻いて、竹の皮を置く。

彼の興味がようやくお米へと向いた、その時。扉の向こうから声が聞こえた。

口論と呼ぶほど、荒々しい声では無い。だが、それなりに声を張らなければ、ここまでは届かないだろう。

「何でしょう？」

「失礼。少々、お待ちいただけますか？」

ユリウス様が席を立つ。彼が扉を開けると、先程よりも鮮明に声が聞こえた。

「高額でも構わない。米を分けていただきたい」

お米？　今、お米を分けてくれと言った？

予想外の言葉に、思わず私も立ち上がる。ユリウス様の後に続こうと思ったけれど、護衛の騎士と侍女に阻まれてしまった。確かに相手の素性が分からないうちは、近付くべきではない。

でも気になるので、戸口に立って密かに様子を窺っていた。

「アウグスト。お客様ですか？」

ユリウス様が呼んだのは、おそらく従業員のお爺様の名前だろう。短い遣り取りの後、別の声が割り込んだ。

「貴方が店主か」

凛々しい声だった。ここからでは姿は見えないけれど、若い男性のものだろう。

「当店の経営者は私ですが、如何されましたか？」

「騒がせて申し訳ない。開店前だと聞いたが、どうしても譲ってほしいものがあり、無礼を承知で頼み込んでいた」

声は大きいが、礼儀正しい方のようだ。武人のような話し方と『米』というワードから、とある島国に住む民族を連想した。

「どうか、米を譲っていただけないだろうか」

「申し訳ありませんが、こちらには在庫がございません」

「……なんと」

「大通りの店舗で取り扱う予定ですが、まだ改装中でして、商品の搬入は先になります。今は遠方の倉庫に保管されておりますので、すぐにお出しする事は出来かねます」

「そうか……。無理を言ってすまなかった。厚顔ついでにお聞きしたいのだが、他に取り扱っている店に心当たりはないだろうか？」

「オステン王国と貿易が始まって、まだ日が浅いので」

言外に否と突き付けらた男性客は気落ちした声で、もう一度「そうか」と呟いた。

「確かに、この辺りの店を端から回ったのだが、米の存在すら知らない者ばかりだった」

十数軒目でようやく、変わった品物を扱う店主がいるという情報を得て、ユリウス様を訪ねたらしい。そこまでしたのに、手ぶらで帰すのは気の毒だ。

我が家にある在庫で足りるのなら、お譲りしたい。

「少し、お待ちください」

横から会話に割って入っていいものかと悩んでいると、ユリウス様がこちらへ戻ってきた。

「聞こえておりましたか？」

「はい、聞こえました。すみません」

盗み聞きをしていた事を知られてしまい、かなり気まずい。

「米の在庫の方は……」

「家にまだ残っているはずです。お譲りしましょうか？」

ユリウス様は申し訳なさそうに、眉を下げた。

「ありがとうございます。無理を言って申し訳ありません」

「いいえ。いつも我儘を聞いてもらっているのは私の方です。このくらい、気になさらないで」

笑って答えても、ユリウス様の表情は晴れない。

一度売った商品を返してほしいと言うのは、商人として抵抗があるのだろう。しかし、己の矜持よりも困っているお客様の要望を優先するのだから、立派だ。

そんな人に『本当に気にしないで』と繰り返しても逆効果だろう。

だから私は敢えて、こう返した。

「次はどんなお願いを聞いてもらうか、考えておきますね」

ニッコリと笑いかけると、ユリウス様は目を丸くする。虚を衝かれたのか、何度か瞬きを繰り返していた彼は、可笑しそうに喉を鳴らして笑った。

「仰せのままに」

ユリウス様が笑ってくれた事で、私も安堵した。

「では、一度帰って在庫量を確認してきますね」

気持ちを切り替えて、米の話に戻る。

たぶん少しでも早い方が、あちらも嬉しいだろう。

侍女に視線と手振りで馬車の用意を頼みながら、話を続けた。

「屋敷に直接取りに来ていただくと、却って手間になる可能性が高いので、ユリウス様にお渡しする形でも良いでしょうか？」

距離的には引き取りに来てもらった方が早い。でも、手続き等の手間を考えると、倍以上の時間が掛かってしまう。

一応、我が家は公爵家。事前の約束がない場合は、原則として入れない。

私が一度屋敷に取りに戻って、ここまで届けるのが一番早いと思う。

しかしユリウス様は、私の提案を聞いて困り顔になった。

「そこまでしていただく訳にはいきません。私の方で引き取りに伺いますので」

正直言って、大した手間ではない。

でもここで突っ撥ねても、逆に気を遣わせるだけかもと思い、頷いた。

「ところで、どの程度の量が必要なんでしょうね？」

「確認して参ります」

ユリウス様はそう言って、店内へと戻っていった。

「譲っていただける方が見つかりました」

「本当か⁉」

男性客の声が一気に明るくなる。腹芸の出来ないタイプの人だな、と微笑ましく思った。

「ご希望に沿えるかは分かりませんが、具体的にどの程度の量をお求めでしょう?」

「あればあるだけ……は、流石に図々しいな。譲ってもいいと思われる分は全て。もちろん金額は、ご希望の通りお支払いする」

「かしこまりました。ちなみに、お急ぎですか?」

「可能な限り早く欲しい」

在庫分全て、早急に、と。

ふむ、と頷くと控えていた侍女から声が掛かった。

「奥様。宜しければ使いを出して、取ってこさせますが」

「ありがとう。助かるわ」

なんて気が利くの。うちの侍女、有能過ぎない?

笑顔でお礼を言うと、侍女は僅かに口角を上げた。クールな美女の、滅多に見られない微笑みは破壊力が凄まじい。

良いものを見た……とほっこりしている間も、店での会話は進む。

「店主。譲ってくれた御仁が奥におられるのなら、お会いしたい」

「いえ、それは……」

「私にとっては、天の助けに等しい。顔を見て礼が言いたいだけだ。頼む」

中々に強引な方のようだ。

ユリウス様がやんわりと断っても引かない様子。

真っ直ぐで善良、悪意なんて欠片も無さそうではあるが、同時に折れる事を知らない傲慢さが透けて見えた。『希望通りの金額を払う』なんてアッサリ言えてしまう金銭感覚と合わせると、なんとなく思い浮かぶ人物像がある。

愛され、大事に育てられた高位の子息。そして、米を食べる文化圏の人間と考えると、自ずと答えは出たようなものだ。

確実な証拠はないけれど、おそらく当たっている。

ただ、そうだとすると、米を必要としている理由が分からない。

長期の旅になる事は確定していたのだから、備蓄は余裕をもっていたはず。

もしや、備蓄が駄目になってしまったんだろうか。船旅の途中で、海水に浸かって傷んだとか。高温多湿だと、虫の心配もあるな。

途中で備蓄を失ったのなら、陸路での移動中はずっと大陸の料理を食べていた事になる。

……晩餐会をキャンセルした理由が、分かったかもしれない。

長旅で疲れている上に、食べ慣れない食事が続いてダウン寸前。

そんなコンディションで、絶対に機嫌を損ねてはいけないお偉いさんとの食事会。しかも、メニューは胃に優しくない高カロリーな料理が確定している。

うん、私でもキャンセルするな。

断る事で機嫌を損ねるのも困るが、無理を押して参加しても更に悲惨な事になりそうだ。もし吐いてしまったら、目も当てられない事態になる。

それくらいなら、体調不良を理由に欠席して、お茶を濁すのが正解。

「……という事は、会っては駄目ね」

眉間に皺を寄せて呟いた。

ドタキャンした相手と出先でバッタリ遭遇とか、気まずいどころの話ではない。どちらにとっても地獄だ。

いっそ裏口から帰ってしまおうか。いやでも、お米を取りに行ってもらっているんだった。

右往左往しているうちに、ユリウス様が戻ってきてしまった。

珍しくも弱り切った顔をしている。横暴な客よりも、悪意のない強引な人の方が、扱いが難しいのだろう。

会うだけで済むなら協力してあげたいのだけれど、こちらにも事情がある。

どう説明したものかと悩んでいると、ユリウス様に呼ばれた。顔を上げた私は、彼の背後に若い男性がいる事に気付く。

「マリー様？」

まず印象に残ったのは、切れ長な一重の目。黒い瞳には濁りがなく、切れ上がった目尻が涼しげな印象を与えた。

肌は多少日に焼けているが、日本人に馴染み深い象牙色。顔の彫りは浅く、アッサリした顔立ちではあるが、凛々しく、エキゾチックな魅力がある。

項（うなじ）の辺りで括った黒髪は真っ直ぐで、長さは腰まで届いていた。

背丈はおそらく、百八十センチ手前くらい。服装は、和服というより、漢服に近い民族衣装。上衣は黒地に白とグレーを重ねた交領。下衣も黒一色と色合いは地味だが、仕立てはかなり上等。施された刺繍は気が遠くなる程細やかだ。

裾の長い羽織の隙間からチラッと柄(つか)が覗いたので、帯刀しているのだろう。

年の頃は十代半ば。体つきは一見細身。けれど手首や首筋を見るに、相当鍛えているのが分かる。

声の印象の通り、涼やかで凛々しい若武者がそこにいた。

こちらの世界に転生してから美形は山ほど見てきたけれど、和風美形は初だなと、場違いな感想が思い浮かぶ。

「店主……、……っ⁉」

私の存在に気付いた青年の目が、大きく見開かれた。

ばっちり合ってしまった以上、逃げるのも隠れるのももう不可能。

どうしたものかと半ば投げ遣りな気持ちで見守っていると、ユリウス様の肩越しにある端整な顔が、さっと赤く染まる。

「あの……？」

じっと見つめられていて、居心地が悪い。

意図を問う為に軽く首を傾げると、青年の顔が瞬時に沸騰した。

色付くなんて生温い表現では足りない。茹(ゆだ)っている。首筋から耳の先まで、見えている部分が全部、真っ赤だ。

「えっ」

だ、大丈夫？　何かの病気？

焦る私の視線を辿り、ユリウス様は青年に気付く。私と青年とを交互に見比べてから、額に手を当てて目を伏せた。

あちゃあ、とかユリウス様でも言うのね。

「い、いや。礼を言いたかっただけなのだが、すまない。失礼した」

青年はもごもごとそう言って、店の方へと戻っていった。焦っていたのか、ドアの縁に勢いよく肩をぶつけてしまった。

「だ、大丈夫かしら？」

よろよろと歩く姿があまりにも危なっかしくて、心配になる。

話しかけたユリウス様だけでなく、護衛の騎士と侍女の視線も私に集まった。

「……手遅れでしょうね」

「えっ」

「もう手の施しようがありません」

「えっ」

沈痛な面持ちで呟いたユリウス様と同じく、護衛の騎士も厳しい顔をしている。助けを求めるように侍女を見ると、彼女はゆっくりと頭を振った。

「戻り次第、旦那様にご相談させていただきます」

「何の話!?」

末期の病を患った患者と主治医みたいな会話に、私一人だけがついていけなかった。

或る商人の困惑。

私、ユリウス・ツー・アイゲルは自他ともに認める楽天家だ。

人並みには山も谷も経験してきたつもりだが、あまり悩む性分ではないせいか、気が付けばスルリと超えている。

一歩間違えれば海の藻屑と消える崖っぷちでも、通り過ぎた後は『長い人生、こういう事もあるか』と流せた。

生来の性格によるところもあるが、それだけではない。

とある人の影響が強く、また、その方に会わなければ今の私は無かっただろう。

その方とはローゼマリー・フォン・ヴェルファルト王女殿下。いや、現在はローゼマリー・フォン・プレリエ公爵閣下か。私より一回り以上年下の美しい女性だ。

彼女はお淑(しと)やかな姫君といった風情でありながら、行動力の塊。本来は乗り越えなくてもいい壁も、努力と根性でよじ登って越えていく。

個人でどうにか出来るようなものではない難題も臆せず、立ち向かっていくマリー様の姿を見てきたせいだろうか。あの方が解決してきた問題に比べたら、自分が抱えている案件など些末事だと考える癖がついた。

それが良い方向へと作用したのか商会は急成長を遂げ、マリー様と出会った頃と比べて倍どころか数十倍の規模となった。

彼女はアイゲル家にとって大恩ある方だが、私個人の恩人でもある。

少しでも報いたいと考えてはいるが、返せている自信は無い。

何故ならマリー様の為に動く事は、不思議と私自身の得となる事が多いからだ。今もそれは変わらない。

公爵となったマリー様がお困りになった時にすぐ力になれるよう、領地にも拠点を構えたが、既に得する気配しかない。

マリー様が治めるプレリエ地方は、王都に近いという好立地にも拘（かかわ）らず、長く発展する事のなかった土地だ。

程よく恵まれた地形や気候だが、目立つ特産品や資源は無い。

各地への中継地として通過する人は多いが、宿場として栄えるには王都に近過ぎる。加えて、住んでいる民も呑気な人間が多く、成り上がろうとする貪欲さが無い。

諸々の理由があり、プレリエは存在感の無い田舎町の一つに過ぎなかった。

ならば恩返しとして、領地を盛り立てるお手伝いが出来れば……なんて目標は、始める前から頓挫していたのは一応、理解していた。

医療と学校の複合施設を作るという前代未聞の計画は、王都どころか世界中で話題になっている。

鼻の利く商人らが既に押し寄せて、我先にと商売を始めた。

私が盛り立てるまでもなく、プレリエは発展していくだろう。

その証拠に、まだ開店してもいない目抜き通りの店舗を、売ってくれと交渉に訪れる商人は後を絶たない。

私ばかりが得をしているのが現状。

出来る事といえば、お好きな品を取り寄せる事くらい。

それでもマリー様は、まるで天に輝く星でも捧げたかのように喜んでくださるから、望みは何を置いても叶えよう。そう、思っていたのだが。

まさかその望みの品が厄介ごとを引き寄せるなど、思いも寄らなかった。

マリー様がずっと昔から探しておられた『米』という食材を、輸入出来るようになったのはつい最近だ。

大陸の東にある島国から仕入れたもので、まだ認知度は低い。ただ興味を持った商人や料理人がちらほらいるので、これから化ける可能性もある。

だが、それは先の話だ。今ではない。

ところが、『米』を所望する客がやってきた。しかも、丁度、マリー様がいらした時に。

それだけならまだ許容範囲だが、相手が問題だった。

黒い髪に黒い瞳、少し黄味を帯びたアイボリーの肌色、それから彫りの浅い顔立ち。全てが、とある国の民族の特徴だ。

最近、ようやく取引を始めたばかりの東の島国。『米』の産出国、オステン王国。

現在、医療施設の視察でプレリエを訪れているはずだから、ほぼ確定だろう。

身に着けている衣装も、おそらくオステン国の民族衣装だ。

色はほぼ黒一色と地味だが、光沢のある生地はおそらく絹。合わせの部分の刺繍は銀糸で、生き物と蔦（つた）を組み合わせた模様は非常に緻密。とてもではないが、庶民に手を出せる品ではない。

武装しているようだが、視察団の護衛という線はほぼ消えた。

ならばと考えた時に一人だけ、思い当たる。王族の一員でありながら腕が立ち、近衛の剣士とも渡り合える実力の持ち主。

薬学とネーベル王国の両方に興味があり、今回の視察団に名乗りを上げた人物。

オステン王国第三王子、ハクト殿下。

実際にお目にかかるのは初だが、男前だ。

異国情緒のあるスッキリした顔立ちと、姿勢の良い立ち姿。清涼感のある美しさは、我が国のご令嬢方にも人気が出そうだなと、心の中で勝手な評価をした。

供を連れずに外出しているのはいただけないが、噂通りの腕前なら、護衛などいらないのだろう。

マリー様から届いた先触れの手紙には、視察団の何人かは体調を崩しているとあったので、彼等の食事の為に奔走しているといったところか。

無いものは無いと突っ撥（ぱ）ねても良いが、相手は賓客。プレリエ領の、延（ひ）いてはマリー様の為にも丁重に扱うべきだろう。

マリー様に無理を承知でお願いをして、米を買い戻す約束を取り付けた。

あとは、ハクト殿下には宿に帰ってもらい、公爵家で米を引き取ってから届ければ、それで終わる単純な話だったはずだ。

それが、どうしてこうなった。

どうしても会いたいとハクト殿下が引かなかった為、私は一旦、部屋を出た。

体裁上、一度は掛け合ったと思わせる必要はあったが、実際に会わせるつもりは無い。しかし、廊下を覗き込んだハクト殿下とマリー様が鉢合わせてしまった。

マリー様の姿を見たハクト殿下は、大きく目を見開く。

「……っ!?」

息を呑んだハクト殿下の動きが止まる。唖然(あぜん)とした表情で、数度瞬きを繰り返す。頬が薄っすらと色付いているのは、見間違いではあるまい。

不味(まず)い事になったと、胸中で呟く。

マリー様は美しい方だ。昔から可愛らしい方ではあったが、成長した今では、『絶世の』という言葉が相応しい美女になった。

初対面の人間はまず間違いなく、彼女に見惚れる。その好意が異性への恋情に変化するかは人それぞれだが、人妻であると知って絶望した人間の数は少なくない。

オステン王国の王子殿下まで、その一人になるのだろうか。

面倒な未来を思い描いた私の胃が、シクシクと痛み出した。

頼む。見惚れるだけで済ませてくれ。

旅先で綺麗な女性に会ったのだと、土産(みやげ)話の一つとして消化してほしい。

そう祈りながら、頭の中で引き離す言い訳を考える。早急にハクト殿下を店内に戻さなくてはならない。しかし、失礼になってはいけないと迷ったのは、ほんの数秒。

たったそれだけの間に、事態は大きく動いてしまった。

「あの……?」

あまりにも熱心に見つめるハクト殿下に、マリー様は困った様子だった。戸惑いを表すように、ことりと小首を傾げる。

その瞬間、ハクト殿下の顔が真っ赤に染まった。いや、顔だけではない。耳も首筋も、見えている部分は全て、茹でられたかのように赤い。

恋に落ちる、という言葉があるが、上手い事を言うものだと思う。踏み止まっていた青年の背を、僅かな動作で突き落とすのを見てしまった。

私は現実逃避気味に遠い目をして、乾いた笑いを洩らす。

そりゃあ、そうだよ。

絶対に手が届かないと分かる高嶺(たかね)の花、美辞麗句なんて聞き飽きているだろう絶世の美女が、熱い視線一つ向けられただけで、まるで稚(いとけな)い少女のような仕草で戸惑うのだから。

そんなの、くらりと来ない男なんて存在するものか！

男心を擽(くすぐ)る手練手管に長(た)けた高級娼婦ですら、真似するのは難しい高等技術。だが厄介な事にマリー様は、天然でやってのけている。

いっそ若い男を弄ぶ残酷な遊びだった方が、まだマシだ。高い勉強代を払って、現実に戻る事が出来る。道ならぬ恋の深みに嵌(は)まるより、ずっといい。

さぁ、どうする。どうしたいい？

穏便に済ますのがもう無理ならば、マリー様の素性を明かすのも手だろうか。

元王族、現公爵家当主、医療施設責任者、既婚者。

数多(あまた)ある諦めるべき理由を、そのたった一言で突き付けられる。

更に、夫は最強と謳われた元近衛騎士団長であり、国中に祝福された夫婦である事も加味すれば、諦める以外の選択肢は無い。

トドメを刺すならば早い方が良いだろうと考えながらハクト殿下を見ると、真っ赤な顔で口籠っていた。

「い、いや。礼を言いたかっただけなのだが、すまない。失礼した」

さっきまでの堂々とした佇まいとの落差に、眩暈（めまい）を覚える。ていうか、声小（ち）っさ。

踵（きびす）を返した彼は壁にぶつかり、よろけながら去っていく。

ああ、あれはもう駄目だ。今更、何をしても後の祭り。

「……手遅れでしょうね」

重々しい口調で呟く。

マリー様の護衛と侍女は同意を示すように、沈痛な面持ちで頷いた。

渦中の人物であるはずのマリー様だけが、訳が分からないといった顔で困惑している。

収拾がつかない。本当にどうしたらいいんだ。

私の手には負えないと投げ出したい気持ちはあるが、恩人を見捨てる事は出来ない。

気を取り直し、ひとまず、マリー様には部屋に戻っていただく事にする。ハクト殿下との話し合いがどうなるにせよ、同席はしない方が良い。

「あの、ユリウス様……？」

ソファに腰掛けたマリー様は、不安げな面持ちで私を見る。

話の流れについていけなかった彼女は、自分が何か仕出かしたのではないかと心配しているのだろう。

安心させる為に、微笑みかけた。

「先方とお話をしてきます。申し訳ございませんが、もう少々、こちらでお待ちいただけますか？」

「それは構いませんが、私、あちら様に何か失礼を……」

「いいえ。何もしておりません」

首を横に振り、きっぱりと否定する。

実際に、マリー様は何もしていない。あちらが勝手に転がり落ちただけだ。

「それよりも一点、確認しておきたい事がございます」

「何でしょう？」

「先方に貴方様を、プレリエ公爵閣下としてご紹介しても構いませんか？」

マリー様は言葉に詰まる。逡巡するように、瞳を伏せた。

招待をした側と断った側が会うのは気まずい。しかも宴への参加を断っておきながら、食材を買い求めているのだから尚更。

マリー様が理性的な方だからこそ、相手の事情を酌んで気遣っておられるが、気位が高い人間であったら侮辱だと取られかねない。

下手をしたら、国家間の不和のきっかけにすらなり得る。

個人の問題なら、ここで説明をしておいた方がいい。だが国家間の問題と捉えるなら、この場所で『プレリエ公爵』と『オステン王国第三王子』が出会った事実は無かった事にした方が無難。

今後、滞在中に公の場で会うとしても、それはそれ。お互いに呑み込んでしまえば、無かった事になる。

マリー様もそう考えたのだろう。

頭を振った彼女は、「ご挨拶は止めておきます」と告げた。

「もし私について訊ねられたら、お忍びとだけ」

『お忍び』は『それ以上、詮索はするな』と同義。

いくら押しの強い方でも、流石に引いてくれるはず。

「かしこまりました」

その他の情報を手短に共有する。どうやら私が席を外している間に、マリー様の使用人が米を取りに戻ってくれているらしい。さり気ない気遣いが、本当に上手い。頭が下がる思いだ。

「では、話して参りますね」

店に戻るとハクト殿下は、出入り口付近で佇んでいた。頬を淡く染めて虚空をぼんやり眺める姿は、まるで恋する乙女のよう。

ぶり返してきた頭痛に、つい額を押さえた。

「……お待たせ致しました」

声を掛けると、ハクト殿下の肩が揺れる。

些か落ち着きのない様子の彼に、話を切り出した。

「まず商品ですが、先方様のご厚意で、こちらまで届けてくださるそうです。よろしければ、受け取り後に私の方で、ご指定の場所までお届け致しますが」

「い、いや。そこまで迷惑はかけられない。私が運ぶ」

「かしこまりました。では、商品が届き次第、ご連絡致します」

おそらく、マリー様の事で頭がいっぱいだったのだろう。

本題を切り出すと一瞬、固まる。理解が追い付いていないようだった。

「何から何まで申し訳ない。恩に着る」

神妙な顔付きに戻り、ハクト殿下は頭を下げる。

しかし凛々しい表情は、ほんの数秒でほろりと崩れた。

「……その。やはり、先程の美しい方が、オレを助けてくださったのだろうか……？」

ハクト殿下は恥ずかしげに俯き、小さな声で呟く。チラチラと視線が、廊下へと続く扉に向いた。

初々しい仕草と表情、それから一人称まで変わるという分かりやすさ。王族なのに、ここまで色恋沙汰に弱くて大丈夫だろうかと、他人事（ひとごと）ながら心配になる。

「あちらのお客様は、お忍びでご来店頂いております。どうかご容赦を」

笑顔で撥（は）ね除（の）けると、切れ長な目を見開く。

「……そうか」

眉を下げたハクト殿下の薄い唇から、吐息めいた言葉が零れた。

落胆し、萎れた様子も美青年ならば絵になる。若い婦女子が見たら母性を擽（くすぐ）られ、新たなロマンスが生まれた事だろう。

実際見ているのは三十代半ばのおっさんである私だけなので、何も生まれはしないが。ただただ不毛な時間が流れている。

営業用の笑顔を貼り付けながらも、心の中では『早く帰ってくれ』と願った。

ハクト殿下は名残惜しげに扉を一瞥した後、表情を変えた。

「それと、店主。もう一点、訊ねたい」

「はい」

「炊事場を借りたいのだが、何処か心当たりはあるか？」

「炊事場ですか」

表通りに食堂は沢山ある。

食材を渡して調理を頼む事は可能だが、厨房そのものを借りるなんて聞いた事が無い。もしかしたら、食事時以外なら貸してくれるかもしれないが、馴染みのない食材を扱うと知っても了承してくれるだろうか。

かといって、街中で焚火をされても困る。

後は勝手にやってくれと放り出したいが、それでは、マリー様の気遣いをも踏み躙る事になりやしないか。

それに病人がいるのなら、一刻も早く欲しいはず。

「…………」

吐き出しそうになった大きな溜息を、どうにか呑み込んだ。

この建物は住居でもあった為、狭いながらも厨房はある。

明日からはそこを貸すとして、今日も食事は必要だろう。マリー様に相談するまでもなく、彼女も同じ考えに至っていたらしい。

マリー様が私に持ってきてくださった差し入れを、そのまま渡す事にした。

彼女は私に対して申し訳ないと言っていたが、逆だ。せっかく作ってきてくださったのに、まさか一口も食べないまま、人に譲らねばならないとは。

ここまでする必要は無かったかと内心で愚痴る私とは違い、根っから善良なマリー様は、ここで終わらない。

病人食なら、もうひと手間加えた方が良いと、自ら厨房に立った。

仕入れた私も使い道を理解しきれていない材料……乾燥した魚や海藻の下処理を手早く行う。

「後は煮出すだけなんですが、そこまでやってしまっても平気ですか？」

「はい」

「少し冷ましてから容器に入れますが、持ち運ぶ時はお気を付けて」

「はい」

「握ったお米にこの液体をかけて、解(ほぐ)してから召し上がってください。あ、中に焼いた魚が入っています。骨は全て取り除いたつもりですが、念の為注意を」

「はい」

手際良く調理しながら、同時に説明も熟(こな)す。

好きな料理をして、生き生きとしているマリー様の横顔はとても美しい。恋を自覚したばかりの若者には目の毒なほどに。

うっとりと見惚れたハクト殿下の視界には、マリー様しか映っていない。説明された料理の工程も、覚えているのか怪しいものだ。

さっきまで将来性のある好青年だと思っていたのに、もはや見る影もない。『はい』以外の言葉を忘れてしまったかのように頷くだけのハクト殿下に、マリー様も戸惑っている。

「あの……？」

「はい………。あ、いや、その、……りょ、料理がお上手ですね」

ぼんやりと呆けていたハクト殿下は、顔を覗き込まれて我に返る。

少しぎこちないながらも、ようやく話が通じるようになった彼に、マリー様も安堵した。

「上手かどうかは分かりませんが、好きなんです」

「すっ……」

微笑むマリー様に、ハクト殿下は絶句する。

好きなのは料理であって、貴方ではない。見守っているこちらが恥ずかしくなるから、過剰に反応しないでほしい。

この方、もしや童て……ではなく、想像以上に女性に不慣れなのでは。

挙動不審なハクト殿下を、マリー様は不思議そうに見ている。だが幸いにも、理由までは思い至っていないらしい。

「あくまで趣味の一つだったんですが、夫も美味しいと言ってくれるので、つい熱中してしまうんですよね」

佳人は一切の悪気なく、若者の息の根を止めた。

はにかむような笑顔は、文句なしに美しい。故に残酷だ。

「…………おっと？」

生まれて初めて聞いたかのように、ハクト殿下は平坦な声で繰り返す。気の毒だが、早めに釘を刺せた事は幸いだ。

やきもきしながら控えていた侍女と護衛の表情は、とても晴れやかだ。

今にも拍手喝采しそうな二人とは反対に、ハクト殿下は次第に蒼褪(あおざ)めていく。

「夫君が……？」

いらっしゃるのか、とは続かなかった。

認めたくないのだろうな、と哀れに思う。

「はい。誉め上手の、優しい夫なんです」

しかしそんな男心など露知らず、マリー様は幸せそうに微笑んだ。

転生公爵の反省。

不安だ。

棒立ちの青年を眺めながら、私はそう胸中で呟いた。

精悍(せいかん)な顔立ちの異国の青年……おそらくは、オステン王国第三王子、ハクト殿下とお見受けする。

ユリウス様との会話を聞いていた限り、真面目でしっかりした方だという印象を受けた。

ところが、さっきから様子がおかしい。

体調を崩した方でも食べやすいよう、料理にひと手間加える説明をしていた時も、ソワソワと落ち着きがない感じではあった。でも説明は聞いていたようだし、特に問題は無かったのだが、何故か途中から反応が無くなった。

話をしている最中、唐突に、フレーメン反応を起こした猫みたいな顔でハクト殿下は固まった。その後はじわじわと顔色が悪くなり、ついには俯いて喋(しゃべ)らなくなってしまった。

具合が悪くなったのか。はたまた、私が何か気に障る事でも言ってしまったのか。

遠回しに聞いてみたが、彼はどちらも違うと否定した。泣きそうな顔で無理やり笑って、頭を振る姿は酷く痛々しい。

小さい子を虐めてしまったかのような罪悪感に、胸がきゅっとなった。実際には確か、私の一、二歳下くらいだったと思うけれど。あと身長は私より大分大きいけれども。

当たり障りのない世間話をしていたつもりで、もしや地雷を踏んでいたのだろうか。

土地によって文化は変わる。京都のぶぶ漬けみたいに、オステン国では『お茶漬けを出す』イコール『帰れ』という意味だったらどうしよう。

ふらふらと足元が覚束ない様子を見ていると、不安になってくる。

彼の仲間である視察団の方々の病状も心配だし……。

ユリウス様に付き添われて店の方へ戻るハクト殿下を見送ってから、私は裏口に向かった。

扉を開けると、高い建物と建物に挟まれた路地裏へと繋(つな)がっている。細長く切り取られた空は晴れ渡っているが、時間の関係で陽が差し込まず、少し薄暗い。

「いる?」

主語もなく、短い言葉で問いかける。

人の気配が一切無かった路地の暗がりから、するりと長身の影が現れた。

「やぁ、お嬢さん。今日も綺麗だね」

端整な顔立ちの青年は、人当たりのよい笑みを浮かべて片手を上げる。

いつ見ても、見事なものだ。

今まで誰もいなかったはずの場所に、当たり前の顔をして立っているラーテを見て感心した。

気配を消すのが上手なのはもちろんだが、彼の凄いところはそれだけではない。かなりの美形なのに何故か目立たず、自然と景色に馴染む。

人混みでも、賑やかな酒場でも、貴族御用達(ごようたし)の店でも、まるでずっとその土地で暮らしていたかのように、周囲に溶け込む。

今も、正体を知らなければ、近隣の店の従業員かと思ってしまうくらいだ。

凄腕の暗殺者だった過去は、伊達（だて）ではない。

「頼みたい事があるんだけど、いいかしら？」

「ああ、あの黒い仔犬（こいぬ）の事かな？」

用件を切り出すと、ラーテは軽い口調でそう言った。

黒い仔犬って、もしかしなくともハクト殿下の事だよね。

名前は白いウサギだけど、素直で生真面目なところは確かに犬っぽいと言えなくもないなんて、王族相手に、流石に失礼か。

「お仲間も含めて、少し様子を見ておこうか？」

「お願い。ちょっと心配だし」

「了解」

薄い唇が、にんまりと弧を描く。

面倒ごとを頼んでいるにも拘らず、やけに機嫌が良い様子のラーテが不思議だった。

「お嬢さんのお願いは貴重だから」

疑問が顔に出ていたのか、彼はそう言って片目を瞑（つむ）る。

貴重どころか、いつも仕事を大量に押し付けてしまって申し訳ないくらいなのに。命令とお願いでは、モチベーションが違うって事？

どう捉えていいか分からず、困惑してしまう。

困り顔の私を見て、ラーテは目を眇（すが）める。意地悪そうな顔付きで見つめられ、ついビクリと肩が跳ねた。

彼は可愛らしく小首を傾げてみせたが、私の警戒心は解けるどころか跳ね上がった。

「その顔でもう一回、『お願い』って言ってくれる？」

どういう要望なの、それ。

意味は分からない。分からないけど。

「なんかイヤ」

半目で軽く睨んで言う。

するとラーテは「残念」と、全く思ってなさそうな顔で肩を竦めた。

少々不安が過るけれど、ラーテに任せておけば大丈夫だろう。


「……お帰りなさいませ」

帰宅した私を待ち構えていたのは、忠犬ハチ公……ではなく、萎れたクラウスだった。

「た、ただいま。打ち合わせは終わったのね」

「ええ。貴方様が別の護衛を連れて外出された後、すぐに」

恨みがましい目を向けられて、思わず視線を逸らす。

私としては仕事の邪魔をしないよう、気を利かせたつもりだった。

でもクラウスからしたら、別の護衛を頼った事がショックだったのかもしれない。

「そうなのね。……えっと、……そうだ。私が作った料理はどうだった？」

「…………」

苦し紛れに別の話題を出す。しかしクラウスの意識を逸らすどころか、更に地雷を踏んでしまったらしい。

ぐっと口を一文字に結んだクラウスの顔を見て、失敗したと悟った。

「……食べられませんでした」

「えっ。口に合わなかった？」

「違います。オレが食堂に向かった時には、もう無かったんです……」

「嘘でしょ」

愕然とした。

あんなに作ったのに。唐揚げもおにぎりも、『ここはフードファイトの会場ですか？』って聞きたくなるくらいの量があったのに。

しかも、私が出掛けてすぐに会議が終わったクラウスが間に合わなかったって……。文字通り、瞬殺だったんだろう。騎士の食欲を舐めていた。

「公爵様。作ってくださった料理、いただきました。凄く美味しかったです」

「また作ってください！」

通りすがりの騎士達が、私を見て声を掛ける。彼等に悪気が無いのは一目瞭然だが、クラウスは凶悪な顔でそちらを睨んだ。

さっきまで雨に打たれた仔犬だったのに、今は冥界の番犬みたいな顔になっている。

「クラウス、また作るから。その時は貴方の分も、別に取り分けておくわ」

だから機嫌を直して。貴方の部下達が何事かと蒼褪めているから。

「……はい。楽しみにしております」

取り分けるという特別扱いが功を奏したのか、クラウスの表情が戻った。

この約束は破れない。たぶん反故にしたら私ではなく、部下の騎士達が大変な事になる。

ユリウス様にも改めて差し入れを持っていくつもりだから、その時は忘れずに取り置きしよう。


「おかえりなさい」

自室で一息ついてから執務室に向かうと、レオンハルト様が出迎えてくれた。

自然に抱き寄せてくれた腕に逆らわず、抱擁を交わしながら頬に口付ける。「ただいま」と返すと、口の横辺りに唇が落とされた。

会釈して隣を通り抜けていったのは、さっきまで私を護衛してくれていた方だ。

たぶん今日の報告に来ていたんだろう。

「お弁当は大丈夫でした？」

「残さず全て、美味しく頂きました」

恐る恐る聞くと、レオンハルト様は笑顔で頷く。

「卵料理も鶏肉の揚げ物もオレ好みの味でしたよ。冷めても凄く美味くて、驚きました。米も初めての食感でしたが、美味しかったです。噛むと仄かな甘みがあって、中に入っていた焼き魚と良く合う」

「！　……良かった」

お世辞だったら、ここまで具体的な感想は出ないだろう。

自分の料理……しかも好物を、好きな人にも美味しいと思ってもらえて嬉しい。

ほっと安堵の息を吐いてから、逞しい胸に顔を埋める。

猫が懐くみたいに擦り寄ると、レオンハルト様は私の頭を撫でてくれた。

「……貴方は本当に、可愛らしい」

「……？」

急に空気が変わった気がした。

「美しい貴方に、傾倒する男が後を絶たないのは当然の事」

「ひゃっ」

艶のある低い声が、耳に直接注ぎ込まれる。

呼気が耳朶を掠めて、甘い痺れが背筋を駆け抜けた。

「……ですが」

私の髪を梳いたレオンハルト様の指先が、耳の後ろを通って顎へと滑る。添える程度の力加減で、くいと上を向かされた。

視線がかち合う。

濁りのない黒曜石の瞳は、じっと見つめていると吸い込まれてしまいそうだ。

愁いを帯びた表情のレオンハルト様は壮絶に色っぽくて、至近距離で覗き込まれているのかと思うと呼吸が止まる。

「愛らしい一面を見られるのは、オレだけでいい」

息を呑むのを失敗した私の喉が、きゅうと仔犬みたいに鳴いた。

「そう思いませんか？」

危うい色気を引っ込めたレオンハルト様は、ニッコリと笑う。

腰が抜けた私は、真っ赤な顔でレオンハルト様にしがみ付いた。

「……ひゃい」

情けない声で返事をする私を、レオンハルト様は抱え直す。

「おそらく貴方は分かっていない」

「え、いいえ、分かっ……」

「分かってもらえないのは、オレの怠慢でもあります」

「え、十分……」

「いいえ」

腕の中に囲われたまま、私は慌てて否定する。

けれど言い訳は遮られて、聞いてもらえない。

普段はどちらかというと聞き役で、相槌を打ちながら楽しそうに話を聞いてくれるレオンハルト様がこうなるのは、私が何かやらかした時だ。

たぶん今回も私が、知らず知らずのうちに獅子の尻尾を踏んだのだと思う。

そして経験上、この後の流れも知っている。

「今夜、もう少しお話ししましょうね？」

「……ハイ」

明日の……否、今夜の我が身を憂いながらも、それ以外の返事など出来るはずもなく。

私は、小さくなって頷く事しか出来なかった。

総帥閣下の反省。

真新しいシーツの上に、細い体を下ろす。

なるべく衝撃が少ないよう注意を払ったとはいえ、抱き上げて運んでも目覚める気配はない。静かな寝息は乱れる事無く、瞼（まぶた）は閉じたまま。

くたりと四肢を投げ出して深い眠りに落ちている妻を見ると、罪悪感が刺激された。

布団を掛けて、肩口まで引き上げる。ベッドの端に腰掛けて、寝顔をじっと見つめた。

頬が薄く色付いているのに気付き、額に手を当てて確認する。

「熱は……無いな」

発熱はしていないようで安心した。ほんのり温かいのは、風呂場で清めた時の名残りだろう。

「……ごめん、ローゼ」

柔らかな頬を、そっと撫でる。

零れ落ちた謝罪は、ただの自己満足でしかない。

謝るくらいなら、日付を跨ぐ前に放すべきだった。

いや、それ以前の話だ。明日に差し支えないよう、ただ抱き締めて、ゆっくりと眠らせてあげるのが正解。

頭では分かっていても、どうしても触れたくなる夜がある。

他の誰も踏み込めない距離まで許されているのだと、確かめたくなってしまう。

ローゼの愛情を、疑っている訳ではない。

真っ直ぐな彼女は言葉を惜しまず、全力で愛を伝えてくれる。それなのに嫉妬してしまうのは、オレの心が狭いだけだ。

誰からも愛されるローゼを誇らしく思う気持ちは嘘ではない。でも同時に、この方の愛らしい笑顔を知るのがオレだけならいいのにと考えているのも、また事実。

「狭量な夫で、ごめん」

身を屈め、こつんと額を合わせた。

「……どうか、愛想を尽かさないでくれ」

祈るように呟く。

すると、ローゼの体がピクリと動いた。

固く閉じていた瞼がゆっくりと開く。半分くらい目を開けたローゼは、まだ夢の中にいるのか、ぼんやりとしている。

「……レオン、さま?」

とろんと蕩(とろ)けた声で呼ばれた。

眠気に勝てずに、何度も瞼が閉じかける。昔の呼び方に戻っているのは、たぶん寝ぼけているんだろう。

「まだ夜明けは先です。ゆっくり眠って」

掌(てのひら)で頬を包み込み、額に口付けを落とす。

するとローゼは、ふにゃりと緩んだ顔で笑った。

全てを明け渡してくれているような無防備な笑顔に、胸が締め付けられる。愛おし過ぎて、頭がおかしくなりそうだ。

ローゼはいつも、そうだ。

意図せずにオレを救う。自然体でオレを受け入れ、心の底に溜まった澱を吐き出させてくれる。

「……ローゼ」

瞼が自然に下がり、また安らかな寝息が聞こえ始めた。

安心しきった寝顔を眺めるオレは今、きっと相当にだらしなく緩んだ顔をしている。

「情けないオレを、受け入れてくれてありがとう」

愛していると静かな声で告げて、花弁のような唇にそっと口付けた。

ずっと寝顔を見ていたい気持ちはあるが、日中の予定に響く。名残惜しさを振り切る為にローゼから視線を外し、ベッドに入ろうとしたオレは動きを止めた。

人の気配がする。

寝台の横に立てかけてある剣を掴み、カーテンの向こうのバルコニーを睨んだ。

一瞬、侵入者かと思った。しかし、それにしてはお粗末過ぎる。外にいるソレは忍ぶ様子もなく、あからさまに己の存在を主張していた。

コンコンと外側からガラスを叩く音がした事が決定打。こんな事をしてくる人間は、そういない。

とある人物の小綺麗な顔が脳裏に浮かんだ。

そういえば、視察団の様子を見るよう頼んだとローゼが言っていたな。

大股で近付き、カーテンを開ける。想像通り、そこにいたのはラーテだった。

闇夜に紛れるように立っていた彼は、へらりと笑って片手を上げる。

「…………」

嘆息してから剣を置く。

音を立ててローゼを起こさないよう、静かにガラス扉を開いた。素早く外に出て、すぐに扉を閉める。

立ちはだかるように扉に凭れかかると、ラーテの笑みが苦笑いへと変わった。

相変わらず嫉妬深いと呆れているのだろうが、事実なので気にならない。ローゼの寝顔を他の男に見せるなんて言語道断だ。

「報告は？」

短く用件を問うと、ラーテは眉を顰める。

「珍しく、お嬢さんに直接頼まれた案件なのに」

「残念だが、お前の直属の上司はオレとなっているからな」

ラーテが主人と認めて仕えているのはローゼだが、形式上は、軍部を統括しているオレの部下となる。

もちろん公爵家当主であるローゼが、直接ラーテに命令を下してもなんら問題は無い。

ただ、真面目な彼女は緊急性が無い限りはオレを通すので、その権限が活用された回数は片手で足りるくらいだ。

「諦めろ」

突っ撥ねると、ラーテは軽く肩を竦めた。

残念だと態度で示してくるが、本気ではない。夜に夫婦の寝室を訪れた時点で、対応するのは十割オレだと彼は理解している。

「じゃあ、報告ね」

そう切り出して、ラーテは詳細を語り始める。

オステン王国視察団の現状、病気の症状や経過、王子殿下の様子など。この短時間に必要な情報を拾ってくるのは、流石だと感心した。

「視察団に同行している医者の見立てでは、栄養不足と疲労。お嬢さんが持たせた果物で、少し落ち着いたみたい。昨日の昼に王子殿下が持ち帰った料理も、ちゃんと食べたようだし、数日休ませれば回復すると思うよ」

「そうか。やはり滞在日数と視察予定日は、延ばした方がいいな」

病人が出たという時点で、ローゼもオレも延期は視野に入れている。

病院の方にも一報は入れてあるので、臨機応変に対応するのは可能だろう。

「それから王子なんだけど」

無言で目を眇めると、ラーテは面白がるような顔付きになった。

「お嬢さんの料理、かなりお気に召したみたい。赤い顔で呆けたり、蒼褪めながら悩んだりと忙しい様子だったけど、拗らせてないといいね。まぁ、一目惚れした相手が理想の料理を作るんだから、運命感じても仕方ないと思うけど」

「ラーテ」

低い声で呼ぶと、ラーテはわざとらしく怯えるフリをした。「怖い、怖い」なんて呟きながらも、声は笑っている。

「若いオスっていうか、仔犬でしょ、アレ。お嬢さんは異性として意識すらしてないし。アンタが焦る意味がまるで分からない」

「ローゼの気持ちを疑ってはいない」

ローゼは余所見などしないと、自惚れるだけの愛情は沢山貰った。

それでも苛立ちを感じてしまうのは、もっとガキ臭くてどうしようもない理由。

「へぇ。なら、何で？」

「……単に、面白くないだけだ」

それこそ不貞腐れたガキのような顔で吐き捨てると、ラーテは目を丸くする。次いで、耐え兼ねたかのように吹き出した。

笑いたければ笑えと、半ばヤケのように思う。

「妻を信用しているかどうかと、余計な虫がつくのを面白くないと感じるのは、別の話だと思っている」

「確かに矛盾はしてないな」

開き直って言い切ると、意外にも肯定された。

「ま、オレはお嬢さんが幸せなら、別に何だっていいんだけどね」

ようやく笑いを治めたラーテは、軽く言ってのけた。

それから何かを思い出したように、表情を変える。

「ああ、そうだ。もう一点、耳に入れておきたい」

「何だ？」

「王子は、プレリエ公爵について気になっているみたい」

その言葉に、オレは眉を顰めた。

「……ローゼが公爵だと、薄々気付いている？」

「そんな訳でも無さそうなんだよね。ただの情報収集って感じだけど、宿の人間や食堂の客にさり気なく、評判を聞いて回っている」

一目惚れした相手を探しているのでは無い。

となると、会食を断った事で交易に支障が出ないかと、心配しているのか？

ローゼの噂を少し聞いていれば、そんな不安など持ちそうにもないが。

腑に落ちないながらも、情報が少ないので結論は出せない。もう暫（しばら）く、様子を見てくれと伝えると、ラーテは頷いてから暗闇に消えていった。

転生公爵の寝坊。

「おはよう」

「……おは、よ？」

眩しい。

日差しも笑顔も眩しい。

朝陽と呼ぶには高い位置にある太陽が、紗幕越しに燦々と降り注ぐ。

ベッドの端に腰掛けて私を覗き込んでいる旦那様の笑みは、陽光にも負けないくらい輝いていた。

綺麗なお顔をしているのは知っていたけれど、今日も今日とて国宝級。

寝起きの目には刺激が強過ぎる。

しぱしぱと瞬いていると、大きな手が頬を包み込む。影が差したかと思うと、自然な動作で頬に口付けられた。

「果物を用意したけれど、食べられる？」

「うん……」

酷く優しい声で語り掛けられて、余計に眠気を誘う。半分、夢見心地なままに頷くと、レオンハルト様は手際良く用意を始めた。

何だろう。とっても機嫌が良いような気がする。

鼻歌でも口ずさみそうな様子のレオンハルト様に、私は首を傾げた。

昨日は怒らせたままではいかないものの、機嫌を損ねていたようだったのに。私を抱き起こして膝の上に座らせた彼からは、ネガティブな感情は一切感じない。

甲斐甲斐しい親鳥の如く、水やフルーツを私の口に運ぶレオンハルト様は、ただただ楽しそうだ。

「ローゼ？」

見つめ過ぎたらしい。どうかしたかと問うようにレオンハルト様は私を呼んだ。

少し考えてから私は、緩く笑った。

「レオンが嬉しそうで、私も嬉しいなって思ったの」

素直に心情を吐露すると、レオンハルト様は目を丸くする。言ってからすぐに照れ臭くなって、それだけ、と誤魔化すみたいに視線を逸らした。

すると、お腹に逞しい腕が回される。背後から包み込むみたいに抱き締められた。

「レオ……」

「昨夜は、無理をさせてごめんなさい」

「！」

昨夜という単語に紐付けられた記憶が、一瞬で鮮明に蘇（よみがえ）る。湿った肌の温度と感触、ギラギラと輝く瞳、それから私の名を呼ぶ掠れた声。

爽やかな朝には相応しくないそれらを脳から追い出すべく、私は慌てて頭を振った。

「それは、全然……。わ、たしも、嫌ではないですし……」

ああ、もう。朝から私は何を言っているんだろう。でも嫌ではないというのは、偽らざる本音だ。

なんなら嫌ではないどころか、凄く嬉しい。

レオンハルト様は私にとって前世の推しであり、初恋の人。十年も追いかけ続けてきた人に抱かれる事が嫌な訳がない。寧ろ、ご褒美だ。

「今も起き上がれないのに？」

「う……」

レオンハルト様に指摘されて、小さく呻く。

気持ちとしては嬉しくとも、体力は追い付いていないのが現状だ。

「オレをあまり、甘やかさないでください。際限なく我儘になってしまう」

少し拗ねたように言って、レオンハルト様は私の頭に擦り寄る。

何それ可愛い。キュンときた。甘やかすなと言いながら、ベッタベタに甘やかしたくなる行動をするのは止めていただきたい。

「我儘でいいじゃないですか。レオンが嫌な思いするより、ずっと良いわ」

高い位置にある頭に手を伸ばし、そっと撫でる。

子供扱いするなと怒られるかと思ったが、されるがままだ。硬めの髪の感触を堪能していると、レオンハルト様の手がそっと添えられる。きゅっと優しく握り込まれた。

「オレは馬鹿ですね」

「え？」

「こんなに愛されているのに、つまらない嫉妬をするなんて」

レオンハルト様は苦笑交じりにそう言った。

え、ヤキモチ？　ヤキモチを焼いてたの……⁉

確かに独占欲めいた事は言われていたけれど、トリガーが分からなかっただけに繋がらなかった。

そっかぁ……ヤキモチかぁ……。

うふふと不気味に笑う私を、レオンハルト様は不思議そうに見る。

「ローゼ？」

「私も」

私だって、レオンハルト様が女性と楽しそうに話しているのを見かけると、胸の辺りがきゅっとなる。心配する必要なんて無いって頭では分かっていても、そう簡単には割り切れない。

でもレオンハルト様も同じなんだと知って、すっと気持ちが楽になった。

「私もレオンの傍に綺麗な女性がいると、こっそり妬いています。……お揃いですね？」

私の言葉を聞いて、レオンハルト様は虚を衝かれたように固まる。

丸くなっていた瞳はすぐにゆるりと溶けて、唇は嬉しそうに緩い弧を描いた。

「……やはり、貴方には敵わないな」

私もそう思っているから、お相子じゃないかな。


ゆっくり食事と支度を終えた後に、いくつかの報告を受けた。

まず、オステン王国の視察日と滞在日数の延期について。

病人は既に快方に向かってはいるそうだが、数日の療養が必要。視察の日程を一週間ほどずらし、それと共に滞在日も延びた。

それから視察初日は、レオンハルト様が私の代理で行ってくれるそうだ。

ニアミス的に王子殿下に会ってしまっている身としては、今から『初めまして』は気まずい。有難く、お任せする事にした。

病人の症状や経過等、一通りの報告を受けて話は終わりかと思いきや、レオンハルト様は少し迷う素振りを見せてから口を開く。

「気に留めるほどの事では無いと思いますが……。王子殿下は、プレリエ公爵の評判を調べているそうです」

「私の評判？　何故？」

「理由は今のところ判明しておりません」

プレリエ公爵としてはまだ会っていないので、私の言動に不信感を抱いたのではないだろう。そもそも、あの真っ直ぐな気性の王子殿下なら、私に不満があるなら直接言う気がする。

なら、プレリエ公爵の悪い噂でも耳にしたのかな。

女性の立場が弱いこの世界で、初の女公爵という地位に就いた私が気に食わない人は、それなりにいる。私のバックが強過ぎるからか、表立って喧嘩を売ってくる人はほぼいないけれど、陰では色々と言われているのかもしれない。

まぁ何にせよ、相手の出方次第か。

「あまり気に病まないでくださいね」

「分かりました」

気遣うようなレオンハルト様の瞳に、微笑みを返す。

ハクト殿下にどう思われていようと、正直、あまり気にならない。

それより重要なのは、レオンハルト様がその手の情報を私に共有してくれた事。

レオンハルト様は情が深く、優しい方だ。

とても過保護で、私が僅かでも傷付く可能性がある場所から遠ざけたがる。そしてそれは何も、物理的な危険だけに限った話ではない。

心無い言葉や悪意ある噂からも、私を守ろうとしてくれる。

そんな彼が、ネガティブな話も私に教えてくれた。

たぶん、不用意に耳にして傷付かないようにという気遣い。

でも、私がその程度の事では揺らがないと信頼してくれているようにも思える。それが、とても嬉しかった。

転生公爵の念願。

レオンハルト様に役目を代わってもらったので、視察団の案内に当てる予定だった日が、まるまる空いてしまった。

とはいえ通常業務は前倒しで処理してあるが、雑務はいくらでもある。そちらをチマチマと片付けていると、ユリウス様からの手紙が届いた。

内容は米について。遠方の倉庫から在庫を取り寄せたので、先日、オステン国の視察団に譲った分を配達してくれるらしい。都合の良い日程を聞かれて、少し悩む。

気分転換を兼ねて、こちらから取りに行こうかな。ついでに、ユリウス様のお店の新しい商品も見たいし。

執事にお願いして先触れを出すと、すぐに了承の返事が来た。前に立ち寄った裏通りのお店ではなく、目抜き通りの新しい店舗に置いてあるらしい。そちらのお店は見た事がないので楽しみだ。

簡単に身支度を整える。人通りの多い場所なので、あまり目立たない方が良いだろう。

控え目なデザインのダックブルーのデイドレスを選んだ。念の為、同色の布に白いレースを合わせたボンネットを被る。

準備が終わって扉を開けると、すぐ横にクラウスが待ち構えていた。さっきまでいなかったので、思わずビクリと肩が跳ねる。

「お供致します」

「……よろしくお願いします」

お手本のような笑顔に気圧され、つい敬語になってしまった。

もしかしなくとも、こないだ置いていってしまったのを根に持っているんだろうか。

ピッタリと後をついてくるクラウスを伴い、馬車へと移動した。


目抜き通りは相変わらず、人が多い。注目されている土地とはいえ、少しすれば落ち着くだろうという予想に反し、いつ来ても混雑している。

ユリウス様のお店は、通りの中でも取り分け人通りの多い場所にあった。景観を崩さないようにという配慮か、周囲の建物と壁の色は合わせてあるが、飾り格子の嵌まった大き目の窓や、さり気なく飾られた植物が目を引く。

まだ開店していないようだが、オープンと共に繁盛する事だろう。

馬車が停まると、程なくしてユリウス様が現れた。

「ようこそ、お越しくださいました。こちらへどうぞ」

あまり目立ちたくないという私の意図を汲んだらしいユリウス様は、挨拶もそこそこに中へと案内してくれた。クラウスと侍女一人だけを連れて、彼の後へと続く。

オープンを近日に控えた店内は、物で溢れていた。

「足を運ばせてしまった上に、散らかっていて申し訳ございません」

「いいえ。こちらこそ、忙しい時に我儘を言ってしまって」

困り顔で謝罪するユリウス様に、慌てて首を横に振る。届けてくれると言ったのを断って、押しかけたのはこちらだ。

謝らなければならないのは、寧ろ私の方だろう。

でも正直に言って、ちょっとテンションが上がっている。オープン前の店に入る機会なんてほぼ無いし、並んでいる品物のどれもが珍しく、興味深い。

出来れば見て回りたいけれど、邪魔になってしまうだろう。残念だが、諦めるしかない。正式に開店してから客として訪れようと思う。

気を抜くと商品に吸い寄せられそうな視線を無理やり剥がし、ユリウス様に向ける。

「お邪魔をしてしまってもいけないので、お米を受け取ったらすぐにお暇しますね」

「そんな事を仰らず、ゆっくりしていってください」

社交辞令のような言葉だが、ユリウス様の表情を見ると本心で言ってくれているのが分かった。

彼は年の離れた私を、姪か妹のように可愛がってくれている。

「良い茶葉が手に入ったので、お茶に付き合ってください。それと珍しい品物があるので、そちらも見ていただけたらと」

「宜しいんですか？」

「ええ。ぜひ」

笑顔のユリウス様に、商談室らしい場所へと案内される。ドアノブに手を掛けた彼は、何故かそこで動きを止めた。

私を振り返ったユリウス様は、自分の唇に人差し指を押し当てる。静かに、というジェスチャーをする彼は何故か、とても楽しげだ。

不思議な行動に、ふと懐かしさを覚える。

何だろう。いつだか、同じような光景を見たような……。

唐突に浮かんだ既視感に戸惑っていると、ユリウス様は扉を開ける。高身長に見合った体躯(たいく)を持つ彼の後ろからでは、室内の様子は見えない。

「失礼するよ」

「……この忙しい時に、何処で遊んでらっしゃったんですか」

凄むような若い男性の声が、記憶に引っ掛かる。聞き覚えがあると感じたのは、たぶん気のせいではない。

「少し席を外しただけだろう？」

「開店が目前に迫っているんです。その『少し』さえ惜しいのだと、理解しているはずですが」

悪びれないユリウス様に苛立っているのか、相手の声が余計に険しくなる。

「やれやれ。相変わらず、うちの甥っ子は口煩いな。もう少し心に余裕を持った方が良いよ」

溜息を吐き出したユリウス様は、肩を竦める。端整な顔立ちの彼がやると、ハリウッド映画の一幕のようではあるが、今の状況的にとても不味いのは私でも分かる。

相手の堪忍袋の緒が切れたのが、見えずとも伝わってきた。

「このクソジジイ……！」

ぐしゃりと何かを握り潰す音と共に、怒りの籠った罵りが聞こえてきた。

「ふらっといなくなる度に仕事を押し付けておいて、よくもまぁ、そんな事が言えますね⁉　日頃から貴方の我儘に、どれだけ僕が振り回されていると思っているんだ！」

「優秀な甥を持てて幸せだよ」

「僕は貴方の甥に生まれた事を後悔しそうですよ」

相手の男性は、投げ遣りに言い捨てる。会話の流れから察するに、やはり私の想像していた通りの人物らしい。

幼い頃の記憶が蘇る。そういえば昔も、こんな場面を目撃した。薬を探す為の手がかりを求めてユリウス様を訪ねた時も、彼は叔父の自由さに憤っていたっけ。

私が公爵となって領地に引っ込んでからは殆ど会えていないけれど、人伝に話は届く。社交界では優雅な貴公子として女性にも人気が高い彼だが、ユリウス様から聞く近況はいつも、叔父に振り回される苦労性の甥っ子らしいエピソードばかりだった。

「そう言わないでくれ。いつも頑張ってくれている君に、良い知らせがあるんだ」

子供時代を回顧している間にも、会話は進む。

楽しげなユリウス様の声も、過去の思い出をなぞっているように思えた。

悪巧みをしている子供のようだな、と感じた私は間違っていなかったのか、相対する男性の声は訝しみ、身構えているようだった。

「……貴方がそういう顔をする時、本当に朗報だった試しが無いんですが」

「そんな事を言っていいのかな？」

「は？」

「特別なお客様だよ」

ジャーンと効果音でも鳴りそうな大袈裟な動作で、ユリウス様は私の前から退く。唖然としている男性……ゲオルクと目が合った。

「こ、こんにちは」

引き攣りそうな笑顔で挨拶をする。

限界まで目を見開いたまま、ゲオルクは固まってしまった。あの時と同じだ。動き出すまで相当な時間が掛かった事すら、何だか懐かしい。

「お久しぶりです」

「……マリー、さま？」

「はい」

頷くと、ゲオルクの頬がサッと色付く。身内限定の言動を見られたのが恥ずかしかったのか、赤い顔をした彼は、ユリウス様を鋭い目で睨んだ。

「貴方って人は本当に……いつまで経っても変わらないな！」

「そんなに咎めないでくれ」

「そろそろ本気で殴りたくなってきた」

書類らしき紙を握り潰したゲオルクは、唸るように呟く。

相変わらず苦労性な甥っ子は、自由人な叔父に掌で転がされているらしい。

ある程度の怒りを吐き出したゲオルクは、穏やかな紳士の顔に戻った。

形の良い眉と、長い睫毛に飾られた菫色(すみれいろ)の瞳。スッと通った鼻筋に薄い唇。柔らかそうなプラチナブロンドは、緩くリボンで結ばれている。

もう昔とは違って少女には見えないけれど、エマさん似の美貌は健在だ。白いシャツにチョコレート色のウエストコートというシンプルな装いも、上品に着こなしている。

「お見苦しいところを見せてしまいました」

ソファの向かいに座った彼は、照れ隠しなのか、コホンと一つ咳払いをする。

「貴方がいらっしゃるとは聞かされていなかったもので」

そう言ってゲオルクはユリウス様に冷たい目を向けるが、どこ吹く風だ。さっき言っていた良いお茶を手ずから淹れてくれたらしく、ユリウス様は私の前にカップを置く。

淹れ方にコツがあるとか、何処が産地だとか教えてくれるのは嬉しい。嬉しいけれど、いい加減空気を読んでくれるともっと嬉しい。

いや、読んだ上でやっているんだろうな。

ユリウス様は何をするにしてもスマートな大人の男性なのだが、甥っ子の可愛がり方だけ少し捻(ひね)くれているから。

すっかり拗ねてしまったゲオルクは、仏頂面で紅茶を飲んでいる。

「そうだ、ゲオルク」

「…………」

「ゲオルク？」

「何です？」

二度目の呼びかけに、ゲオルクは不貞腐れた顔で返事をした。

「あれ、用意しなくていいの？　マリー様にお渡しするんだろう？」

「！」

半分ほどに細めていたゲオルクの目が丸くなる。彼はカップをソーサーの上に置くと、席を立った。「ちょっと失礼します」と言うなり、慌ただしく扉の向こうへ消えていく。

そして五分も経たないうちに戻ってきた。

手に持っているのは、大き目の瓶だった。大きさは、たぶん一升瓶くらい。

「お待たせしました」

机の上に置かれたガラス瓶を、改めて観察する。中身は真っ黒な液体のようだ。

何だろうと首を傾げたが、すぐに鼻を突く独特なにおいに気付いた。

「！　……これ、もしかして」

「やっぱり、御存じでしたか」

ゲオルクは感心したような表情で頷く。

「豆を使った調味料だそうですよ。オステン王国では有名なものらしいです」

やっぱり、醤油だー！

お米が手に入ったのだから、何処かに醤油もあるはずだとは思っていたけれど。まさか、こんな

にも早く巡り合えるなんて。

まるで生き別れの兄弟にでも会えたかのように、声もなく感動している私に、ゲオルクとユリウス様は呆気に取られていた。

「そんなにも喜んでもらえるなんて……、というか、喜んでいるんです、よね？」

困惑している様子のゲオルクに問われ、私はコクコクと何度も頷く。

「それは良かった」

「あの、これは譲ってもらえたり……？」

「どうぞ、お持ち帰りください」

「ありがとうございます！」

満面の笑みでお礼を言うと、ユリウス様は苦笑する。

「異国の調味料一つで、ここまで喜んでくださる女性は貴方くらいでしょうね」

「私には宝石やドレス以上の価値がありますので」

抱き締めて頬擦りをしたい気持ちを抑え、うっとりと醤油を眺める。

「まさか、こんなにも早く見つけてくださるとは思いませんでした。大変だったでしょう？」

「お礼はゲオルクへ。彼が交渉を頑張ってくれたんですよ」

ゲオルクへと視線を向けると、彼は困ったように眉を下げる。そして緩く首を振った。

「僕だけの力ではありませんよ。叔父上やマリー様の助力がなければ、無理だった」

いつ私が手助けをしたのだろうか。

そんな私の疑問に答えるべく、ゲオルクは説明してくれた。

どうやらオステン王国の商人と取引する機会があったらしいのだが、あちらは大陸の言葉は片言でしか話せず、商談は難航したそうだ。

どうしたものかと悩んでいたところに、先日のオステン王国視察団との件。私とユリウス様に恩義を感じてくれている視察団の一人が、通訳を担ってくれたとの事。

情けは人の為ならずと言うが、その実例みたいな事が我が身に起こるとは驚きだ。

「本当に嬉しいです。これを使って料理を作りますので、今度、お持ちしますね」

「楽しみにしております」

上機嫌な私とゲオルクは知らない。

この数日後からゲオルクは急遽、遠方の支店へ出張となり、私が持ってきた料理は全て、ユリウス様のお腹に収まるというオチがつく事を。

或る薬師の悩み。

オステン王国の視察が、一週間遅れで一昨日から始まった。

公爵家の代表として出迎えたのは、何故かマリーではなく旦那の方。妻に余計な虫がつくのを嫌がったレオンハルトの策略かと疑いかけたが、どうやら何か面倒な事情が絡んでいるらしい。

まぁ、何にせよ、その方が良いだろう。

プレリエ領が誇る若き女公爵は、とんでもない美人だ。意図せず恋に落とされた男達の数を考えたら、年若い王子に会わせるのは危険。面倒ごとは、避けられるなら避けるべきだ。

幸いにも、周辺諸国の若い騎士らの憧れである黒獅子将軍の名は、どうやら遠い島国にも届いているようだ。

第三王子ハクト殿下も例に漏れず彼に憧れており、御伽噺の英雄を前にした子供の如く、目を輝かせていた。

公爵本人が歓待せずとも、問題無いだろう。

案内を担当しているロルフからも、滞りなく予定を消化していると報告を受けた。

オステン王国の国民性なのか、真面目な人間が多いので楽だ。何処かのバカ貴族に爪の垢を煎じて飲ませてやりたい。

「ヴォルフ様」

廊下を歩いていると、背後から呼び止められた。

立ち止まって振り返ると、リリーが駆け寄ってくる。

「少しお時間宜しいですか？」

「ええ、いいわよ」

「研究所の方で今、マリー様と会議をしているんですが……話が平行線を辿っているんです」

困り顔のリリーの言葉を聞いて、オレの眉間に皺が寄る。

「頑固者の爺共が、また我儘を言っているのかしら？　設備も資材も十分過ぎるくらいなんだから、これ以上は罰が当たるわよ」

溜息と共に呆れを吐き出すと、リリーの眉が下がった。

予想に反して、「いいえ」と首を横に振る。

「お爺様達は、マリー様が提示する予算が……その、多過ぎると」

「は？」

がりがりと首の後ろを掻いていた手を止めた。

唖然とした声が、勝手に口から零れ落ちる。

「え、聞き間違い？　今、『多過ぎる』って言わなかった？」

「言いました……」

力なく呟いたリリーは、周囲をさっと確認してからオレへと身を寄せる。『屈んで』という意図に従うと、耳元でひそりと、とんでもない金額を告げた。

「え、聞き間違い？」

同じ言葉を繰り返すが、動揺して声が裏返る。

聞き間違いであってくれというオレの願いを、リリーは首を横に振る事で切り捨てた。

「しかもその額すら初期投資であり、追加予算は都度、申請するというお話で……」

「マリー!!」

なにをしているんだ、あの子は⁉

オレは踵を返し、目的地を執務室から研究施設へと変更する。

リリーはオレの後から、小走りでついてきた。

「この病院建てるだけで、いったい幾らかかっていると思ってるの⁉　しかも研究なんて、必ずしも結果が出るものじゃないのに。採算がとれるどころか、数年は赤字が続く事がほぼ決定している機関にそこまで割くなんて！」

「マリー様もその辺りは当然、ご理解されているはず。命より重いものは無いのだから、それを救う研究に掛かる費用なんて、いくらあっても足りないくらいだと仰ってます」

「っそ、れは……」

声が詰まる。走り出した当初の勢いを無くし、ついには足を止めてしまった。

「とても有難い、理想的な言葉よ。でも私達は、必ずマリーに結果を返せる訳じゃない。領地の経営の負担にならないよう、私達も協力して、切り詰められるところは切り詰めるべきだわ」

「『出来ないなら、出来ない事を証明しただけでも十分な成果』」

「⁉」

凛とした声に、目を見開く。

肩越しに振り返った先、リリーは迷いの無い瞳で続けた。

「『手順や材料が違うと理解出来たのなら、違う方法を試せばいい。間違っていると気付く事で見えてくる道があるのだ』とマリー様は仰いました」

「……成果が簡単に出せないのは、織り込み済みって事？」

脱力した私は、天を仰いだ。

病院を建てただけでも、この国、否、この世界の医療水準を押し上げるのに十分な貢献をしている。でも我が主（あるじ）は、その程度では満足しないらしい。誰も見た事のない高みを目指しているのだと知って、言葉を失った。

あの子はいったい、何処までオレ達を惚れさせたら気が済むのか。

金も設備も材料も、全て用意する。他の煩わしい事は一切気にしなくていい。最高の環境を整えるから、命を救う為に尽力してくれ、なんて。

医療に携わる者なら、誰だって惚れる。この人の為に全力で尽くそうと、そう思わない人間がいるものか。

少なくともクーア族は、洩れなく全員、がっちり心を掴まれただろう。

「ああ、もう。好き」

「私もです」

顔を両手で覆った私の独り言に、リリーが同意を示す。愛を確認し合っている恋人同士のような構図になってしまったが、相関図の矢印は双方、マリーにしか向いていない。

「……つまり、リリーはマリーを諌めてほしいんじゃないのね？」

「私はいつでも、マリー様の味方ですので」

怖気づいている爺共の方をなんとかしろと、そういう事か。

なるほど、オレが適役だ。

「正直、私も金額を聞いて腰が引けてしまいました。でも、そのくらいマリー様は私達を信頼してくれているんだなって、思ったんです」

「……そうね。身が引き締まる思いだわ」

狡(ずる)い人間は何処にでもいる。

そして、努力で登った階段を堕落で滑り落ちるのは一瞬。マリーの誠意は、相手によっては猛毒となりかねない。

でもオレ達はそうならないと、彼女は信じてくれている。

予算が潤沢で、生活が安定していても、努力を怠る人間ではないと認めてくれているのだ。

「素直に嬉しい。……でも、ちょっと話し合いが必要ね」

喜びを噛み締めてから、スンと表情を消す。

私達は裏切らないし、目の届く範囲にいる奴には絶対に裏切らせない。

でも、これからは病院の規模が大きくなるのに合わせて、働く人間の数も増える。その全員が全員、清廉潔白とは限らない。

「方向性は賛成だけど、条件はガッチリ厳しくさせましょう」

「はい！」

良い返事をしたリリーと共に、再び、研究施設を目指した。

「あら？」

道中で、見慣れた姿を発見する。

褐色の肌と硬そうな灰色の髪、琥珀の瞳。ここ数年でかなり背が伸びて、顔立ちも大人びてきたけれど、マリーには相変わらずの小生意気なクソガキ対応。

でも仕事は、とても真面目に熟す部下。

「ロルフだわ」

「休憩中のようですね」

休憩所に繋がるデッキで、若い男と話しているのはロルフだ。

話し相手の顔は見えないが、長い黒髪からオステン国の王子殿下だろうと予想がつく。

雑談に興じる程、仲良くなったのかと微笑ましい気持ちで通り過ぎようとした。

けれど聞こえてきた、ロルフのやや硬い声に足を止める。

「どのような意図で、それを訊ねられているのですか？」

オレとリリーは顔を見合わせた。

勤務中のロルフは基本、とても真面目だ。それにオレ達やマリーには砕けた態度でも、他所の人間には丁寧に接する。相手が客人であれば、尚更。

リリーとオレは視線で互いの意図を読み取って、物陰に隠れた。

気配を消して、そっと様子を窺う。

立ち聞きは誉められた行為ではないが、普段と様子の違うロルフが気にかかった。

それと、いくら温厚な国民が多いとはいえ、他国の王子殿下に無礼な態度を取れば、罰せられてもおかしくない。

いざという時にはロルフの上司として、立ち会わなくては。

「不躾な質問をして、申し訳ない」

幸いにも、王子殿下が気分を害した様子はない。

寧ろ、声音には申し訳なさが滲んでいる気がした。

「この国に来てから、色んな人に話を聞いた。その過程で、私が持っていた先入観が誤りであると気付きつつあった」

先入観とは、何の事だろう。

オレは首を傾げるが、黙り込んだロルフが聞き返す素振りはない。

「私が間違っていたと判断する為の質問だったが、貴方がたの気持ちを一切配慮していなかった。すまない」

王子殿下の素直な謝罪に驚く。

やんごとなき生まれの方が、あっさりと自分の非を認められるとは。

昔のオレには、王侯貴族という存在は、傲慢で横暴で己の利益しか考えていない人間ばかりに見えていた。実際、高位の人間の多くに当て嵌まる。

しかし、マリーに会って、例外もいるのだと知った。

それどころか、類は友を呼ぶのか、マリーの周囲にいる王侯貴族は彼女のような例外ばかり。オレの知らないうちに世の中は綺麗に洗浄されたのかと、悩んだくらいだ。

病院の視察に来た他国の貴族の横暴さを見て、『ああ、マリーの周りが特殊なんだな』と妙に納得してしまったが。

「尊敬する方を疑われて、さぞ不快だったろう」

違う方向に逸れていたオレの意識を、王子殿下の声が引き戻す。

こちらからは彼の顔は見えないが、表情も声と同じく真摯なものだろう。

難しい顔付きで黙り込んでいたロルフは、目を伏せ、短く息を吐き出した。

「……我らが主、プレリエ公爵は、貴方が耳にしたという噂からはかけ離れた方です。あの方ほど誠実な人を、私は他に知らない」

静かな声でロルフは、王子殿下に語り掛ける。

「クーア族は頑固者の集まり、故に、金にも脅しにも屈したりしない。私達を動かせるのは、己の意志とそれを尊重してくれた我らの主だけ」

伏せていた目を開け、ロルフは真っ直ぐに王子殿下を見た。

「私がここにいるのは、私自身がそうありたいと望んだからです。それ以外の理由なんて無い」

決然とした瞳で告げたロルフに、王子殿下は「そうか」と短く返す。表情こそ見えないものの、その声には羨望に似た響きがあった。

そして立ち聞きしてしまったオレとリリーは、顔を見合わせる。

リリーは目を丸くしているが、おそらくオレも似たような顔をしているはず。

ロルフがマリーを認めているのは、仲間全員が知っている事だ。しかし、思春期特有の天邪鬼を発揮し、未だにマリーにだけ素直になれない彼が、ここまで言うとは思わなかった。

微笑ましさと共に、身内の告白を覗き見してしまったような気まずさがある。

こっそり立ち去った方が、どちらにとっても傷が浅くて済むか。

「あくまで、私個人の意見です」

ところが、ロルフのこの言葉に黙っていられなかったのはリリーだ。

「私だって！」と小声で呟いて、悔しそうに歯噛みしている。そこは張り合うところではないと思うが、リリーはマリーの事に関してのみ冷静さを欠く。

「他の者の気持ちを代弁する事は出来ませんので、そちらにも聞いてみたら如何でしょう？」

飛び出していきそうなリリーを宥めていると、ロルフの視線がこちらを向く。

どうやら、立ち聞きしていたのはバレていたようだ。

逃げるのは諦めて、意気揚々と近付いていくリリーの後ろに続いた。

「私も自分の意志で、ここにおります。主人であるプレリエ公爵様の役に立つ事が、私の生き甲斐であり喜びなんです」

突然、話に加わってきたオレ達に対しても、王子殿下は寛容だった。

主人であるマリーが如何に素晴らしい人物か、熱弁を振るうリリーに呆れず、耳を傾けてくれる彼は人格者だと思う。

そのうち、通りかかった病院関係者が話に加わり、皆で代わる代わる、プレリエ公爵に関する良い話を披露していく。

どいつもこいつも我が事のように誇らしげだ。

人のよい王子様と真面目な側近らが嫌な顔一つしないものだから、止める人間がいやしない。

……なんて、呆れながらも混ざっているオレに、ぼやく権利はないか。

マリー本人がこの場にいたら、真っ赤な顔で止めてと懇願しただろうな。

約三十分後。かなり盛り上がっていたのをどうにか解散させた。各々が仕事に戻るのを見送ってから、気になっていた事を切り出す。

「殿下が耳にした噂とは、どのようなものですか？」

ロルフとの会話で薄々察せたが、良い噂ではないのだろう。

さっきロルフを怒らせた事もあってか、王子殿下は迷う素振りを見せた。

しかしオレとリリーが黙って言葉を待つと、引く気がないと理解したのか、話してくださった。

曰く、プレリエ公爵は権力を盾にして下々の者を虐げる横暴な人間だと。少しでも意に沿わぬ言動を取れば、元王族の力を行使して罰を与えてくるのだとか。

怒るよりも先に、呆気に取られた。それは、いったい誰の話だ。

それなりに長い付き合いにはなってきたが、マリーが私事で権力を行使しているのを、見た記憶がない。

彼女が王女である自らの立場を利用するのは、いつだって下々の者達の為だ。部下や仲間を守ろうとする時だけ、とても強くなる。

逆に自分の事は割となおざりで、嫌味や陰口の類いは聞き流して取り合わない。もっと怒れと、こちらがやきもきするくらいだ。

それに意に沿わぬ言動とやらが、どの程度を指すのかは知らないけれど、それならオレ達クーア族はとっくに処刑されているはずだ。

なんならオレは今から、マリーの予算案に関して口を出しに行くところだし、ロルフなんか百回は処刑されていてもおかしくない言葉を、つい先日もぶつけていた。

あまりにも主人の人物像からかけ離れている為か、苛立ちよりも戸惑いが勝る。

マリーに信仰めいた敬愛を捧げるリリーですら、怒れずにいた。

「……人違いでは？」

困惑しきった顔でリリーが呟く。

その場にいたクーア族全員が同じような顔をしているので、王子殿下は端整な顔に苦笑いを浮かべる。

「私もそんな気がしてきた。この国に入ってから、プレリエ公爵を悪く言う人間に会った事がない。老若男女問わず、身分も関係なく、皆がかの方を尊敬しているのが、他所者の私にも分かった」

王子殿下の言葉に、リリーがご満悦な様子で頷く。

そうでしょう、そうでしょうと言いたげな顔が、更に王子殿下の苦笑を深めた。

しかし微笑ましそうな表情だった王子殿下は、ふと真剣な顔付きになる。

「……いや、この国に限った事ではないな。道中の船乗りや旅人も好意的な意見が多かった。悪し様に言ったのは、その噂を私に教えた人物だけだ」

つまり、そいつが故意に悪意ある噂を流していた可能性がある、と。

「……名前をお聞きしても？」

オレが問うと、王子殿下は「内密に」と前置きした後に教えてくれた。

そしてその名が、以前この病院を視察目的で訪れ、尊大に振る舞い、滅多に怒らないマリーを激怒させた横暴貴族のものだと気付いたオレは、漸く色んなものが腑に落ちた。

そういえば、領地没収された阿呆貴族はグルント王国の貴族。

東方にある島国オステンから渡ってきた王子殿下一行は、陸路でネーベルを目指す際に、グルントを経由してきた。

そしてその途中で歓待した領主が、アレだったのだろう。

領地没収程度で済んだのは、マリーの温情あっての事。

現在は王籍を抜けたとはいえ、マリーは公爵家当主。しかも各国から注目されている医療施設計画の要だ。

そんな人物に無礼を働き、その程度で許された幸運を噛み締めて細々と生きればいいものを、逆恨みして貶めるとは。

マリーが許しても、周りの人間が許すはずがない。

「馬鹿につける薬がないって本当ね」

呆れ混じりに吐き出したオレの言葉に、リリーとロルフが深く頷いた。

転生公爵の引導。

とても面倒な事になった。

ハクト殿下が私……プレリエ公爵の評判を気にしていたのは、道中で悪い噂を耳にしたからだったようだ。

正義感が強く、どうやらレオンハルト様に憧れているらしい彼は、真偽を確かめたかったのだろう。憧れの人の嫁が悪女だったら、そりゃあ嫌だよね。

そこまでは別にいいし、気にもしていない。

しかし、肝心の噂を流した相手が問題だった。

なんと、グルント王国の使節団に紛れ込んでいた、あの横暴貴族だというではないか。

正直、怒りよりも呆れが勝った。

何故、やらかしにやらかしを重ねていくのか。理解出来ない。

世界初の女公爵となったからには、風当りが強いのは分かっていた。別に悪口くらい、言いたければ言っていろと思う。

でも相手は選べと言いたい。

ここ最近になって、ようやく交易が始まったばかりの遠方の国……しかも、そこの王族に話すとか、あまりにも軽率過ぎる。

オステン王国のネーベル王国に対する信頼を失わせ、二国間に大きな不和を生じさせる悪質な行為と捉えられ、洒落にならない事態になるとは想像出来なかったのか。

グルント国内の貴族同士で話している程度なら、こちらだって手出し出来ないし、しないのに。

どうして、黙って見ている訳にはいかない相手に話した？

衝撃が大きくて固まっていた私だったが、すぐに我に返る。真っ先にしたのは、ラーテとクラウスの所在を確認する事だった。

丁度、私の護衛に付いていたクラウスは笑顔だった。とても笑顔だった。額に青筋が浮かび、右手が剣の柄に掛かっていたけれど笑顔だった。怖い。

ラーテは何処だろうと考えて、すぐにハクト殿下の周辺を探ってもらっていたなと思い出した。

不味い。だとしたらラーテは、とっくにこの話を知っているはず。

密偵の一人を呼び出して、すぐにラーテの捕獲を命じた。更に、『レオンハルト様の命令があるまでは待機』という伝言も託す。

死んだ目をした密偵は、苦い声で「御意」と返した。

普段、無表情で粛々と任務を熟す彼のあんな顔、初めて見た。それだけ私が無茶を言っているという事だろう。心底申し訳ない。

クラウスもラーテも、私には勿体ないくらい優秀な部下ではあるんだけれど、たまにモンペみたいになるのが玉に瑕なんだよね……。

それから、どうにか過激派二人を宥めて、グルント王国へ正式に抗議する事となった。

ハクト殿下も帰国してから、審議の後、説明を求める文書を送ってくれるそうだ。

前回は一部領地没収で済んだ横暴貴族が、今度も同じ処罰で済むとは思えない。

あの性格だから敵も多いだろうし、爵位剥奪とかになったら大変な目に遭いそうだけれど……。

自業自得だから、頑張ってとしか言えない。


そして数日が経過し、無事、病院の視察を終えた。

オステン王国視察団が帰国する、前日。ハクト殿下たっての願いで、レオンハルト様と手合わせする事となったらしい。

何ソレ、絶対に見たい。

絶対に見たいのに、私は急ぎのお仕事が入っていた。

ギリギリと歯噛みしながら書類を全力で捌き、終わらせて駆け付けた鍛錬場は混み合っていた。

元々、鍛錬しに来ていた人だけでなく、非番の騎士達も詰めかけているらしい。

「凄い人出ね」

護衛のクラウスに守られながら、人と人との間をすり抜ける。

「物見高い奴らだ。貴方様の道を塞ぐなど、万死に値する大罪だというのに」

凶悪な顔をしたクラウスが舌打ちをする。

「……ちょっと切り伏せてきましょうか」

真顔で言うクラウスに、思わず眉間に皺が寄った。

「止めて」

クラウスの冗談はたまに、冗談に聞こえない。

「きっと仕事中の奴も紛れていますよ、コレ」

「本当は困るけれど……まぁ、今日くらい大目に見ましょう」

「甘過ぎます」

クラウスは苦虫を噛み潰したような顔をする。私は苦笑して、彼を宥めた。

「レオンは皆の憧れだから」

レオンハルト様は、ネーベル王国最強と呼ばれた近衛騎士団長だった。

国内だけでなく近隣国の若者の憧れである人を、現役から退かせてしまったのは他ならぬ私だ。

大好きな旦那様を返す事は出来ないので、その代わりに、今回は気付かなかったフリをしようと思う。

それに私も見たいし。

「どうぞ」

「ありがとう」

自分の体で人垣を分け、私の入る隙間を作ってくれたクラウスの隣に滑り込む。

申し訳程度のお忍びスタイルとして着ていた外套のフードを下ろすと、歓声と熱気が直に伝わってきた。

一段高い場所から見下ろした鍛錬場の中央に、人影が二つ。

「……!?」

私はその光景に、声を失くす。

向かい合って立つのは、レオンハルト様とハクト殿下。そして彼等が手にしているのは、この国では見慣れない武器。

黒い柄に金の鍔、遠目でも分かる、見惚れる程に美しい直刃の片刃剣。

日本刀……!!

両手で口を覆い、心の中で叫んだ。

レオンハルト様が日本刀で戦うとか、そんなの恰好良いに決まっている!

感動に打ち震える私とは違い、隣のクラウスは訝しむように片眉を上げた。

「あの武器は何だ?」

「オステン王国の武器らしいぞ」

答えたのは近くにいた見物人だ。彼は興奮冷めやらぬ様子で、得意げに語る。

「剣での戦いはレオンハルト様の圧勝でな。試合の礼にと、王子殿下が渡した武器で再戦するところだ」

剣での戦いも見たかった。

でも過ぎ去った事は仕方ない。日本刀で戦うレオンハルト様というレアスチルを見逃さなかった幸運に感謝しよう。

「頑張って!」

歓声が飛び交うのに混ざって叫ぶと、レオンハルト様の視線がこちらを向く。満面の笑みで手を振ると、照れ臭そうに笑って振り返してくれた。

流石に何人かは私の存在に気付いたようだけれど、気にしない。またやってるって、生温い目で見られるくらい我慢する。

「……？」

何故かハクト殿下も、私に気付いて愕然としている。信じられないものを見るような目を向けられ、こちらが困惑した。

憧れの人に対して、無礼にも馴れ馴れしく声をかける女がいると憤っているんだろうか。一応は妻なのだけれど、自己紹介もしていないし、仕方ないか。

やがて始まった試合は、圧巻の一言だった。

両手で構えるハクト殿下と、片手で構えるレオンハルト様。

距離を詰めたハクト殿下の刃をレオンハルト様が受け止め、斬り返す。

両者の速度が余りにも速く、瞬き一つでついていけなくなりそうだ。誰もが固唾を飲んで見守り、静まり返った鍛錬場に、刃のぶつかる硬質な音が鳴り響く。

当初はハクト殿下がスピードで勝り、押していたようだったが、だんだんと刀の扱いに慣れてきたレオンハルト様も追い付いてくる。

軽やかな動きは美しく、まるで演舞を見ているかのよう。息をするのも忘れて見惚れた。

キィンと一際派手な音が鳴り、ハクト殿下の刀が弾き飛ばされる。彼が落とした刀に手を伸ばす前に、眼前に刃が突き付けられた。

「……参りました」

静かな声の一瞬後、わっと盛大な歓声が会場を包み込んだ。

「クラウス、見た？　見ていた⁉」

「見ておりましたよ……本当にいけ好かない男だ」

興奮気味に捲し立てると、クラウスが忌々しそうにレオンハルト様を睨む。

一緒に喜んでくれとまでは言わないけれど、せめてもうちょっとマシな反応は出来なかったのか。

舌打ちをするな、舌打ちを。

気を取り直してレオンハルト様に手を振ると、手招かれたような気がした。

「推しが私を呼んでいる……？　夢かな？」

「そうですね、夢です。お疲れなんでしょうね、帰りましょう」

クラウスに背を押され、くるりとUターンさせられる。そのまま鍛錬場から退場しかけたが、迎えに来た推し……ではなく旦那様によって引き留められた。

またも舌打ちするクラウスを、レオンハルト様は笑顔でスルーしている。

「ローゼ。せっかくだから、ここでご挨拶しましょう」

非公式の場で偶然出会ってしまってから避け続けて、プレリエ公爵としてはハクト殿下にご挨拶をしていない。

多少の気まずさはあるけれど、今後もオステン王国との交易を続けるのだから、きちんと自己紹介をしておくべきだろう。

レオンハルト様は私の背に手を回し、ハクト殿下へと向き直る。

「ご紹介が遅くなり、申し訳ございません。彼女が私の伴侶です」

「お初にお目にかかります。プレリエ公爵家当主、ローゼマリー・フォン・プレリエと申します」

はじめましてではないけれど、そこは流してほしい。

「貴方が……」

ハクト殿下は呆然と立ち竦む。

ユリウス様の店での遣り取りを蒸し返されるかとヒヤヒヤしたが、その件に触れる事は無かった。

「そう……、そうですか。貴方が、プレリエ公爵閣下……」

力なく肩を落とし、ハクト殿下は呟く。

抜け殻みたいになってしまったハクト殿下に周囲は慌てた。私達夫婦に失礼を詫びた後、側近達は王子殿下を取り囲むようにして運んでいった。

翌日にお見送りをした時に少しだけ話が出来たけれど、結局、元気が無かった理由については分からないまま。

心配だけれど、私には何も出来ない。

せめて彼等が何事もなく、無事に母国へと帰れるように祈ろう。

第三王子の失恋。

水平線の向こうに、陸地が見え始めた。

甲板から景色を眺めていた皆は、安堵の表情を浮かべる。

「ようやく、帰ってきましたね」

「そうだな」

故郷へ戻ってきた喜びよりも、寂しさが上回った。

長い旅が、今日で終わる。

オステン王国、第三王子として生まれたオレは、何不自由することなく暮らしてきた。王族という立場であっても家族仲は良く、また臣下や民も温厚な人間が多い。とても恵まれた立場だという事は理解している。

けれど、どうしても外の世界への憧れは捨てられなかった。

小さな島国であるオステン王国の領土とは比べものにならないくらい、大陸は広い。沢山の国があり、そこに沢山の人が住んでいる。国ごとに違う衣服や文化、食べ物に特産品。まだ見ぬ沢山の景色が広がっているはずだ。オレはそれを自分の目で見てみたかった。

勉強や鍛錬の傍ら、語学や大陸の文化を率先して学んだ。

将来、他国との交易が盛んになった時に父や兄の力になりたいと言い訳をしながらも、好奇心が最大の原動力であった事は否めない。

そうして義務の範疇を大きく逸脱したオレの知識は、思わぬ形で実を結んだ。

大陸の中央に位置する大国、ネーベルで医学界に革命を起こす画期的な取り組みが為されているらしい。

その医療施設の視察団の一員として、同行する事が許された。

長い旅は、決して楽しいばかりではない。特に船での移動は過酷を極め、嵐に見舞われて高波を被った時は死を覚悟した。

けれど、後悔はない。小さな島国で生まれ育ち、外の世界を殆ど知らずに生きたオレにとって、目に映る全てが新鮮な喜びを与えてくれた。

途中に立ち寄った小さな島や大陸のグルント王国にも、それぞれ違った魅力があった。けれど、やはりネーベル王国は別格だった。

交易の要所である大きな街だけでなく、辺境の小さな村でさえ豊かな暮らしをしている。道は綺麗に整備されており、馬車での移動もネーベルに入ってから楽になった。やはり、大国の名は伊達ではない。

街道だけでなく建物や設備、全てが興味深い。我が国よりも進んだ技術は是非、参考にしたいものだ。

けれど一つ、かの国の文化で……否、大陸の文化で受け入れ難いものがある。食事だ。

不味いのではない。

食べ慣れない味ではあるものの、ネーベル王国の料理は美味い。ただ、毎日食べたいと思える味では無かった。

オステン王国の料理は、米や野菜、魚を中心としたもので、且つ、素材本来の風味を大事にする薄い味付け。

毎日それを食べてきた我等からすると、大陸の食事は味が濃過ぎた。

しかも船旅の最中、嵐で備蓄の米の半分を失っている。大陸に辿り着くまでは保たせられたものの、既に在庫はない。

自炊する事も出来ずに、食べ慣れない食事を続けてきた結果、数人が体調を崩した。長旅でかなり体力を消耗していたので、精神的な負担が駄目押しとなったのだろう。

ようやく目的地であるプレリエ領に辿り着いたが、半数は寝込んでしまった。

領主であるプレリエ公爵閣下が歓迎の為に開いてくれる予定だった晩餐会も、欠席せざるを得ない。仕方のない事とはいえ、機嫌を損ねやしないかヒヤヒヤした。

いくらオレが王族の一員とはいえ、殆ど知られていない小さな島国の王子など、さしたる脅威にはならない。対するあちらは、大陸で最も影響力のある大国。しかも公爵閣下は元王族だと聞く。

医療施設設立の要であり、他にも数々の華々しい功績を残す御方だ。

怒りを買い、視察の予定を白紙に戻されても、黙って受け入れるほかない。

戦々恐々としていたが、公爵閣下はオレが思うよりもずっと出来た方だった。アッサリと晩餐会の中止を決めただけでなく、病人を気遣い、見舞いの品まで届けてくださった。

道中でとある人物から、気難しい方だと聞いていただけに驚きを隠せない。

もしや噂は誤りなのか。それとも、小国とはいえ王族であるオレの手前、取り繕っているだけなのか。まだ情報が少な過ぎて、判断出来ない。

もし噂の通りに問題のある人物だったら、病院の関係者もさぞ苦労をしている事だろう。

一個人として何か出来なくとも、王族として力になれるかもしれない。失礼な話だと分かっているが、オレはプレリエ公爵閣下に関する情報を集める事にした。

米を探す傍ら街で聞き込みをする。しかし公爵閣下を悪く言う人間は一人もいない。

老若男女問わず、身分も問わず。誰も彼もが良い話しかしないので、逆に疑わしくなってきた。

判子を押したように皆、『優しく美しい方だ』と言う。そんな事があり得るのだろうか。

人の美醜には好みがあるように、万人に好かれる人間などいない。

もしや、悪口一つ許されない程の暴君なのかと勘繰りたくなる。

高潔な英雄として名が知れ渡る元近衛騎士団長、レオンハルト・フォン・オルセインの伴侶が悪人であってほしくないと願いながらも、疑いは捨てきれなかった。

プレリエ公爵閣下は、どんな方なのだろう。

恐怖で人々を押さえ付けているのではないとしたら、どれ程の美貌、どれ程の能力があれば、あんなにも大勢の人間に支持されるのだろうか。

幼い頃に読んだ、異国の絵本が脳裏に浮かぶ。

我が国の絵とは全く違う、繊細な筆使いと色彩に夢中になり、擦り切れる程に読んだ。その本の表紙に描かれた、触れたら消えてしまいそうな姫君の姿を思い出して、自分の浅はかさに苦笑した。

御伽噺と現実を混同する程、幼くはない。

そう自嘲したオレの目の前に、正に思い描いた通りの……否、それ以上に美しい女性が現れた。

柔らかに波打つ白金色の髪と、澄んだ青い瞳。肌は抜けるように白く、形の良い唇は咲き初めの花のような薄紅色。

はっきりとした目鼻立ちなのに、キツい印象はまるで受けない。上品で穏やかな人柄を表すような、優しい顔立ちをしている。

国や地域で美醜の定義は変わるけれど、おそらく百人中九十九人は、この方を『美人』と評するだろう。

事実、我が国の美人の定義からは外れているにも拘らず、オレは見惚れた。

ただこの時点ではまだ、感心していただけだった。美しいものへの感嘆、素晴らしい美術品を眺める感覚に近い。

けれどオレの不躾な視線に戸惑ったその人が、稚い少女のように小首を傾げた瞬間、オレは恋に落ちた。

美しいと感じている段階では踏み止まれたのに、可愛らしいと思ってしまったら駄目だった。手が届かない事に変わりはないのに、生身の人間だと実感してしまったらもう止められない。

オレは本当に愚か者だ。

米の入手という本来の目的を思い出せと自分を叱咤しても、気を抜けばすぐに美しい方の姿を目で追ってしまう。

彼女の身元どころか名前すら知らないが、店主が『お忍びで来店した』と言うのだから、高位貴族である事は間違いない。

駄目押しのように本人から、既婚であるとアッサリ告げられ、この恋に未来は無い事が決定した。

それなのに諦めようと思えば思う程、重症化するのが恋の厄介なところだ。

彼女が振る舞ってくれた料理は、馴染みのない調理法にも拘らず、何処か懐かしい味がした。

異国の料理に辟易としていた仲間達は久しぶりの米と美味い料理に歓喜し、涙を流していた者もいる。

美人で気立てが良い上に、料理上手。

嫌なところを知って幻滅したいというオレの身勝手な思惑とは裏腹に、良いところばかりが目につく。思いは日に日に募って、もう手の施しようもない。

いったいオレは、こんな遠方の国まで何をしに来たのか。

どうにか本来の責務を思い出し、視察当日となった。

研究施設や学び舎はまだ運営前だった為に視察は叶わなかったが、医療施設を見られたけでも十分に有意義だった。

医者と薬師が連携して治療に当たると事前に聞いてはいたが、実際に見るとその有用性に驚かされる。情報を共有するだけで格段に、治療の精度は上がった。ここに研究や育成が加われば、どうなるのか。

数年以内にネーベルの医療水準は飛躍的に進歩する。

素人のオレでさえ、その未来は予測出来た。

こんな構想を思い付く公爵閣下は、非凡と言わざるを得ない。

不安のあった人柄についても、やはり噂が誤りであったと確信した。

病院で働く薬師らに、公爵閣下に関する悪い噂について話した時、彼らは怒るでも怯えるでもなく、唖然としていた。

あり得ない事だと、その反応が物語っている。絶対的な信頼が、そこにはあった。

つまり、『万人に好かれる優しく美しい方』という領民の証言こそが、正しかったという事だ。

病院関係者の話もその説を後押ししている。

義憤や正義感抜きで、初めて純粋に、公爵閣下とお会いしてみたいと思った。

憂いが晴れ、有意義な視察を終え、オレはとても満ち足りた気分だった。

おまけに憧れであった剣の達人、レオンハルト殿との手合わせが叶い、最高の旅の締め括りになる。

そんな風に浮かれていたオレをどん底へと突き落としたのは、件の公爵閣下との邂逅。

初めて恋した相手こそ、かの方だった。

確かに彼女は美しい。堅物と呼ばれたオレを、一目で恋に落とした方だ。

確かに彼女は優しい。面識のないオレや仲間達を気遣い、損得抜きで米を譲ってくれた方だ。その上、手料理まで振る舞ってくれた。

人柄、容姿に加え、画期的な医療施設を発案し、実現する能力の高さを持つ。

そんな彼女が万人に愛されていると聞いたら、もう「だろうな」しか感想がない。英雄の愛を一身に受けているのも頷ける。

彼女の正体を知るだけで、全ての疑問の答えが出た。御伽噺よりも出来過ぎた現実。納得出来ない、否、したくないと反抗しているのは、取り残されたオレの恋心だけ。

ネーベルを出立する日、彼女……ローゼマリー・フォン・プレリエ公爵閣下はオレ達の見送りに来てくださった。

お会いできるのも、これで最後かもしれない。そう考えると堪らない気持ちになって、せめてオレの気持ちを伝えたくなった。

好きだと、たった一言だけでいい。見返りは求めない。そうすれば区切りをつけて、先へと進める気がした。

意を決して、ローゼマリー様の前に立つ。

「あのっ、ろ……公爵閣下」

「はい」

青い瞳に見つめられた瞬間、体温が一気に上がる。ただ向かい合っているだけなのに、息が苦しい。恋とは、なんて厄介な感情だろう。

どうにか冷静さを保とうとするオレの思考を裏切って、心臓が、そんなのは無理だと叫んでいる。

こんな状態で本当に諦める事なんて、出来るのだろうか。

「オレ、私は、……貴方の事が」

どうにか声を絞り出す。けれど、肝心の一言は喉の奥につかえて出てこなかった。

挙動不審なオレを、ローゼマリー様は心配そうに見ている。その顔を眺めているうちに怖くなったんだ。もし『好きだ』と伝えたら、この表情はどう変化するのだろうと。

視察団の一員、……つまりは職務として訪れた先で、王子が既婚者に愛の告白をする。それは決して、誉められた行為では無いだろう。

ローゼマリー様とレオンハルト殿、それから視察団の仲間達にも迷惑を掛けるかもしれない。

そう考えたら、頭が冷えた。

ただ人を好きになっただけ。ただ伝えたいだけ。それだけであっても、罪になる事がある。

小説や演劇では、『愛は素晴らしい』、『愛は何よりも尊い』なんて賛美するが、社会はそれほど単純では無い。

消さなければならない愛も、この世には存在する。

「ハクト殿下？」

「……私は、貴方の事を尊敬しております」

ぐっと拳を握り締める。溢れんばかりの想いの代わりに、別の言葉を告げた。

「領民を愛し、領民に愛される公爵閣下。オレはいつか、貴方のような人になりたい」

ローゼマリー様は虚を衝かれたように目を丸くする。次いで、とても嬉しそうに微笑んだ。

「視察団の皆様の為に奔走していた貴方も、私の目にはそう映りました」

「！」

「そんな貴方に目標だと言っていただけて、とても嬉しいです」

確かに仲間の事が心配だった。けれど途中でローゼマリー様に出会い、初恋に浮かれていたオレが、その評価を受け取ってもいいものなのか。

嬉しさよりも、後ろめたさの方が大きかった。

「落胆されないよう、今後も精進いたしますね」

ローゼマリー様の晴れやかな笑顔を見て、オレは瞳を伏せる。今のオレには眩し過ぎた。

「道中は母国に帰りたいとばかり思っていましたが、いざ旅が終わるとなると寂しいものですね」

ぼんやりと海原を眺めながら物思いに耽(ふけ)っていると、仲間の一人が話しかけてきた。

「そうだな」

「辛い思い出も多いですが、楽しい事も沢山ありました。特にネーベルは素晴らしい。叶うならまた訪ねてみたいです。今度は視察ではなく、ゆっくり観光をしてみたい」

「私は留学したいです。プレリエ領の学び舎で、一から医学を学びたい」

「オレは研究施設が気になっている。病院で働いていた薬師の方々の能力の高さを考えると、生半可な努力では採用されるのは難しいだろうが、試すだけの価値がある」

目を輝かせて仲間達は夢を語る。皆、プレリエ領で過ごした短い時間が忘れられないらしい。それくらい、鮮烈で充実した日々だった。

「ネーベル王国も医療施設も素晴らしいですが、何と言っても一番の衝撃だったのは、公爵閣下、ご本人です」

「ネーベル王国の第一王女殿下の美貌は噂に聞いていましたが、まさかあれ程の方とは」

仲間達は口々に、プレリエ公爵閣下を誉め称える。

壮年と呼べる年頃の男達が頬を染め、まるで贔屓(ひいき)の舞台役者を間近で見たかのように高揚する様は正直、滑稽。けれど同時に、羨ましくもあった。

オレも、そうであったら良かった。

旅先で美しい方と会ったんだと、土産話に出来る程度の想いでありたかった。

生傷だらけの初恋は、未だジクジクと痛みを訴えている。

いつか、綺麗な思い出として昇華できる日が来るのだろうか。

「暫くは無理だな……」

「殿下？　何か仰いましたか？」

「いや、何でもない」

故郷とは反対方向、大陸がある方向を見やる。もう陸地などとっくに見えなくなった水平線を見つめ、そっと溜息を零した。

魔導師達の談話。

「うあー……」

寝転がった背中に手を当て、魔力を籠める。

じわりと温かくなってきたのを確認しながら、肩や腰など、筋肉の強張っている箇所を重点的に揉むと、気の抜けるような声が洩れた。

「お前、まともな運動していないだろ」

ルッツの筋肉は全体的に固まっていた。何処を触ってもガチガチで心配になる。

一日の大半を机に座って過ごす職業でなければ、こうまで酷くはならない。以前にマッサージした書記官の爺ちゃんが、丁度こんな感じだった。

「忙しいんだろうけど、適度に息抜きはした方がいいぞ。筋肉落ちると余計に疲れやすくなるだろうし」

「あ、テオ。そこ、もっと強めで」

「聞いてる？」

注文の付け方も爺ちゃん達と同じだ。

ルッツはまだ、二十代半ばだったはずなんだけどな。

呆れながらも手は止めない。ルッツが多忙なのはよく知っている。

気持ち良さそうに目を閉じたルッツに要望通り、指定された場所を揉み解すのに専念した。


「久しぶりに肩が回る……！」

「二十代の感想じゃない……」

ぐるぐると腕を回しながら、ルッツは顔を輝かせる。

しかし目元には濃い隈(くま)があり、肌艶も良くない。せっかくの美貌も形無しだ。

数年前、見習いから正式な魔導師となったオレ達だが、進路は分かれた。

国家所属である事に変わりはないが、オレはプレリエ領で、ルッツはそのまま王都で働いている。

ルッツはイリーネ師匠の補佐となり、後継としてビシバシと厳しく育てられているようだ。繊細な顔立ちに似合わず意外と脳筋なルッツは、一日中、書類に囲まれている日々に相当疲れが溜まっているらしい。

ようやく纏(まと)まった休みが取れたとプレリエ領にある研究施設を訪ねてきたのだが、あまりにもヨレヨレだったので、マッサージをしてやる事となった。

でもまだ顔が酷いので、そっちもどうにかしようと考えながら茶の用意をする。

水を入れた薬缶(やかん)を五徳の上に置く。

下に置いた魔石に触れると、ボッと小さな炎が上がった。後は手を離しても、勝手に燃え続けるので沸くまで放置だ。

「使い勝手はどう?」

「良好」

茶葉の缶を開けながら、ルッツに返事をした。

魔石の性能も、昔に比べて大分進歩した。以前は魔力を注ぎ続けなければならなかったのが、今は触れただけで一定時間は持つ。

魔石は、オレやルッツの研究題材の一つでもあった。

「便利だよね」

「便利過ぎる」

オレが呟くと、ルッツは苦笑して頷いた。

「姫が止める訳だよ」

魔石の改良は、想像以上に良い結果を生み出した。

事前に魔力を多めに籠めるという手間はあるものの、それさえ済んでしまえば、あとは好きな時に魔導師が触れるだけ。傍を離れても効果は消えない。

実験に成功した時のオレ達は、歓喜した。

これならもっと良いものを目指せる。いずれは魔導師でなくても使えるようにしたい。

以前、姫様にお守りとして渡したのは見せかけで、実際の効果は無かったが、改良を重ねれば可能かもしれない。

実現したらきっと、世の中は更に便利になるはずだ。

そんな風に興奮していたオレ達の目を覚まさせたのは、姫様だった。

姫様はオレ達の成果に目を輝かせて喜んでくれたけれど、先の展望を聞くと途端に顔を曇らせた。

その場で否定的な事を言わなかったのは、姫様の優しさ。オレ達の努力を知っている彼女は、水を差したくなかったんだと思う。

でも結局はオレ達の為に、憎まれ役になる事を選んで助言してくれた。

姫様は、『魔石の改良は、これで終わりにしましょう』と言った。

これ以上の発展は必要ないと。

まさか姫様がそんな事を言うとは思わず、愕然とした。

しかし話を聞いて、自分たちの研究の危うさについて気付いた。

まず、魔石を誰でも使えるようになった場合の危険性。

湯を沸かす、食べ物を保存するなどに使用してくれるならいい。でも残念ながら悪用しようと考えた場合、いくらでも思い付く。

それから、魔導師の希少性。

魔石に魔力を籠めるのは、一定以上の力を持つ魔導師しか出来ない。可能なのは、イリーネ師匠、オレとルッツ、それからミハイルだけ。

どんどん魔力持ちの数は減っているから、今後、増える事も期待出来ない。

そんな中で魔石の需要が爆増した場合、どうなるか。

オレ達の価値が上がるなんて、可愛らしい表現では済まないだろう。世界中から付け狙われ、捕まれば、魔力が枯れて死ぬまで搾り取られるかもしれない。

蒼褪めるオレ達に、姫様は言った。

『貴方達の技術は、とても素晴らしいものよ。でもその恩恵を受けるには、私達は未熟過ぎるの』

オレ達は平和ボケしていた。

姫様の傍が温かくて、幸せで、すっかり竈と氷室になっていた。姫様に出会う前は、自分達を兵器だと認識していたのに。

苦しそうな顔で止めてくれた姫様に感謝して、オレ達は魔石の改良を永遠に凍結する事にした。

「世界中の人間が、姫みたいだったら良かったのに」

ルッツの呟きに、心の中で同意する。

自分達は恩恵を受ける資格がないと言ったけれど、姫様はそこに含まれない。

師匠ですら持て余していたオレ達を、竈と氷室扱いした人だ。どんな尖った発明をしても、良い事にしか使わない、いや、使えないだろう。

だが同時に、考える事がある。

「姫様みたいな人間ばっかりだったら、魔法は衰退しなかったんじゃないかなって、時々思うんだよな」

昔は誰もが使えた力。

しかし徐々に失われ、今では使える人間は数える程しかいない。オレ達が死んだら、おそらく永遠に失われる。

姫様が言ったように、魔法を扱うには人間は幼過ぎるのかもしれない。

そう神様が判断して取り上げたのではなんて、ガラにもなく考えてしまう。

「かもね。まぁ、無くても生きていけるし」

真剣な表情を緩めて、ルッツは軽く言う。

オレも釣られて、肩の力を抜いた。

「だな。薪と火種があれば、別にオレいらんしな」

沸いた湯を注いで茶を淹れ、片方のカップをルッツに差し出した。

「夏のオレは替えの利かない唯一の存在だけど」

「お前、夏バテして使い物にならないじゃん」

胸を張って言うルッツに呆れ顔で突っ込む。

夏場のルッツは確かに重宝するが、暑さに弱い為、基本は使い物にならない。

「王都よりこっちの方が涼しそうだよね。夏は避暑に来ようかな」

「この程度の距離で温度が変わってたまるか。というか師匠もそんな事言っていたから、普通に無理だろ」

「それ！」

「どれ？」

だらだらと実りの無い会話を続けていると、急にルッツが大きな声を出す。

首を傾げて問うと、「師匠だよ、師匠！」と眉を吊り上げた。

「師匠ってば最近、事あるごとに引退を仄めかすんだよね。そろそろ引退する年だとか何とか言って、オレに仕事を回してくんの！」

「あー」

オレは曖昧な返事をする。

淡々とした様子で仕事を押し付けてくる師匠と、必死に抵抗しながらも、結局は言いくるめられるルッツの図が容易に想像出来た。

「オレより元気なくせに、なに年寄りぶってんだっつーの！」

「怒られるぞ」

師匠であるイリーネ様は、年齢不詳な美女だ。

三十くらいにも見えるが、四十代後半と言われても納得出来てしまう風格がある。どちらにせよ、引退するような年齢ではない。

「ルッツを育てる為に、敢えて厳しくしているのかもよ？」

「違うね！　あの人はテオが羨ましいんだよ！」

「……オレ？」

「師匠は研究職に就きたいだけなの。煩わしい社交も貴族の腹の探り合いも無く、研究に没頭出来るなんて最高。しかも元々、姫の事は娘みたいに可愛がっている人だし、傍で力になれる環境なんて天国だとか思っているよ、絶対」

なるほど、と思わず納得してしまった。

師匠は魔導師長という立場にあるが、権力に興味を持つ人ではない。魔力がなければ、学者や文官を目指していたのではないかと思う。

「オレだって、こっちに来たいのに！」

「いや駄目だろ」

魔術師が四人しかいないのに、全員がプレリエ領に来てどうする。そうでなくとも実力者が集中し過ぎていて、戦力が過剰なのに。

謀反か、国家転覆計画かと、痛くもない腹を探られたくはない。

「プレリエ領の魔導師は、オレとミハイルで間に合っているから」

「三年ごとに交代制とかどうよ？」

「拒否する」

「薄情者！」

頬を膨らますルッツだが、本気ではない。

頑固な性格だと知っているので、一度決めたからには王都でのし上がるのだと思う。

問題は師匠だ。

あの人の気質と研究職の親和性が高過ぎて、いつか本当に引っ越してきそうな気がする。

「オレ、追い出されないよう頑張らないとなぁ……」

本当に交代制で王都に送り返されそうで怖い。


危機感を覚えたオレは、取り敢えずは技術を磨こうと考え、ルッツに再びマッサージをする事にした。丁度良いと言うのも何だが、ルッツは目の下の隈が酷い。顔のマッサージをしてやろうと、タオルを温めていると扉が鳴った。

「はい」

「ルッツが来ているって聞いたのだけれど」

開いたドアの隙間からひょっこり顔を覗かせたのは、姫様だった。

「姫！」

施術用のベッドに横になっていたルッツが飛び起きる。さっきまで背骨が抜けたかのように、だらしなく転がっていたとは思えない瞬発力だ。

「久しぶりね、ルッツ」

笑顔でひらりと手を振る姫様を、ルッツは呆けたように見つめている。彼の頬が薄っすらと色付いているのに気付き、オレは苦笑した。

まぁ、気持ちは分かる。姫様、綺麗になったもんな。

昔から美人ではあったが、最近はより一層、美しさに磨きがかかっている気がする。見慣れているはずのオレですら、時折、ハッと息を呑むくらいだ。

見惚れているルッツを、肘で突いて正気に戻す。

「！　う、うん。久しぶり」

「忙しそうだけど、体調はどう？　あまり顔色が良くないようだけれど」

「いや、これはちょっと、夜更かししちゃっただけ……」

目元の隈を隠すように、ルッツは顔を手で隠しながらそっぽを向く。

初対面かのように緊張しているルッツが見ていられなくて、オレは会話に割り込んだ。

「姫様こそ、何かありました？　確か今日は、こちらに寄る日じゃなかったですよね？」

「近くまで来る用事があって、相談したい事もあったから顔を出してみたの。そうしたらルッツがいるって言うから」

「相談？　施設の事ですか？」

「ううん、個人的な事よ」

「なに？　まさか体調悪いの？」

さっきまで思春期の少年の如く照れていたルッツは、急に真剣な顔付きになった。おそらくオレも、似たような顔をしているに違いない。

「えっ。いえ、そんな大した事ではないのよ」

姫様は慌てて手を振るが、ルッツの言葉自体を否定はしていない。つまり、体調が悪いのではないかという問いは、あながち的外れではないという事。

「姫様。病気の事は、素人が自己判断するのは良くないです」

オレとルッツがじっと見つめると、姫様は困ったように眉を下げる。言い辛そうに視線を彷徨(さまよ)わせてから、溜息を吐いた。

「……本当に、そういうのではないのよ。ただ、眠いだけなの」

「……眠い？」

姫様の言葉を鸚鵡返しすると、彼女はコクリと頷いた。恥ずかしいのか、顔が少し赤い。

「最近、陽気が良いでしょう？　仕事中にも眠くなって困っているのよ」

「夜に眠れていないとか？」

ルッツが訊ねると、姫様は首を横に振った。

「夜もぐっすり眠れているわ。だから病気じゃないと思うの。でも仕事に差し支えても困るから、眠気を抑えるツボとか、飲み物とか、そういうのを教えてもらおうと思って」

「うーん……」

オレは顎に手を当てて考え込む。

夜も眠れているのに、昼間も眠いのは正常なんだろうか。

かといってすぐに病気と結び付けるほどの異常でもない。最近は過ごしやすい気温になったから、オレもたまに仕事中でも眠くなるし。

「その他の不調はありますか？　息苦しかったり、熱っぽかったりしません？」

「吐き気とか眩暈とか、小さな症状もない？」

「他は健康そのものよ。何だか食欲が増してしまって、ちょっと太ったくらい」

心配のあまり、矢継ぎ早に質問をぶつけるオレ達に、姫様は苦笑する。

途中で開き直ったのか、女性があまり触れたくないであろう体重についても教えてくれた。確かに顔色は良いし、特に不調があるようには見えない。

眠気も食欲の増進も、季節の変わり目には割と起こりやすい現象だ。

「それなら良かった」

心の底から安堵した。ルッツも同じだったようで、緩く笑って軽口を叩く。

「というか姫は元が細いんだから、もう少し太ってもいいんじゃない？」

「そうだな。たまに折れそうで心配になる」

ルッツに同意すると、姫様に睨まれた。

「……二人共。心配してくれるのは嬉しいけれど、女性に『太れ』は禁句よ」

複雑そうな表情は、初めて見る類いのものだ。

傍目には全く変化が分からなくとも、当事者は気になるらしい。

お世辞でも嫌がらせでもなく、もうちょっと体重を増やしてもいいんじゃないかと本気で思っているのだが、言ったら怒らせてしまうだろうから止めた。

女性の心理が分からないオレが下手に口を開けば、また無神経な発言をしてしまうだろう。

そう考えて黙ったのだが、オレ以上に女心に疎い男が隣にいた。

「姫は太っても可愛いんだから、気にしなくていいんだよ」

ルッツ、それは駄目なやつだ。

オレは心の中で天を仰いだ。

爺ちゃんが幼い孫に言うのなら良いが、妙齢の女性に向けるべき言葉ではない。

流石に温厚な姫様でも怒るんじゃないかと、オレは気が気でない。噴火寸前の火山を見守るような心地で、オレはルッツと姫様の遣り取りを見守っていた。

「そうだ。干しなつめを持ってきたから、食べる?」

ルッツは笑顔で、追い打ちをかける。

彼の目を見れば、悪気が無い事はすぐに分かった。だからこそ姫様も怒るに怒れないらしく、何とも言えない顔をしている。

「干したフルーツは美容にも良いって聞いたよ」

「……ありがとう。いただくわ」

ふ、と姫様は肩の力を抜いて微笑む。呆れを含みながらも優しい眼差しは、悪戯(いたずら)をした子供に向ける類いのものだった。

異性扱いではなく、子供扱い。それなのに少し羨ましいと思ってしまった。どうやらオレもルッツと大差ないようだ。

外見は育っても中身は、構ってほしくてちょっかいをかける悪ガキのまま。

「そういえば、オレもナッツを貰ったんでした。食べます？」

「……テオ」

天然のルッツとは違い、オレは許されなかったらしい。

「あ。お茶を淹れますね」

明確に叱る為の声音に切り替わったのを察知し、オレはさっさと逃げ出した。

転生公爵の逢引。

プレリエ領でお米が密かなブームになる……かもしれない。

あくまで希望であって、まだ可能性の段階だ。

ユリウス様の商会が営む店舗でも取り扱いを始め、目端の利く商人達が興味を示しているものの、それ程、流通はしていない。

なんせネーベル王国では、米は未知の食材。他の食材との組み合わせや味付けどころか、『炊く』という基本的な工程すら難易度が高いようだ。

気軽に手を出せる代物ではないのだ。

一部の好事家（こうずか）が好む珍味という立ち位置に収まってしまうかと思われたが、現在、少しだけ風向きが変わっている。

キッカケはなんと私。

旦那様に愛妻弁当を作るついでに、使用人や騎士達に振る舞った手料理が口コミで広まっているらしい。

特に市街地の警備を担当してくれる第二騎士団は領民と交流する機会も多く、世間話として何人かが話して、そこから徐々に……という流れのようだ。

ならば、今がチャンス。

ここで米食が広まってくれたら、いつか日本食……ではなく、オステン国料理専門店が出来るかもしれない。

私がいつでも好きな時に食べに行けるという利点だけでなく、珍しい料理としてプレリエ領の名物になる可能性もある。まさに一石二鳥。

そんな時に、ユリウス様から相談を受けた。

彼も今が商機だと思っているらしく、試作としてお店を出したいらしい。

もちろん最初から専門店なんて無謀な話ではなく、まずは広場に屋台を出して、反応を見るつもりだそうだ。

相談は、その屋台で扱うメニューについてだった。

でも、お米って万人受けする食材じゃないよね。

おにぎりは好きだし、騎士達には好評だったけれど、好き嫌いは分かれる。それなら入り口はもう少し、馴染みやすいものの方がいいかな。

もち米を使って、お菓子っぽいものとかどうだろう。


「それで、出来上がったのがこちらです」

ジャーン、と心の中で効果音をつける。

どや顔の私がレオンハルト様に披露したのは、お団子。

串に刺さった四つの白いお団子の表面には、網目模様の焼き目。たっぷりと掛かった飴色のタレは、私の監修の下に試行錯誤を繰り返した。

「『みたらし団子』と名付けました」

「こっちも？」

そう言ってレオンハルト様は、手に持っている串を軽く上げる。

「そっちは『みたらし』ではなく『いそべ』ですね」

醤油を塗ってこんがり焼いてから、海苔を巻いた磯部団子。

ちなみに今回は買ってないけど、餡子のお団子もある。しかも、ちゃんと小豆の餡子。

オステン王国との交易が増えたお蔭で、小豆が手に入るようになったのは大収穫だ。

ようやく満足のいく出来となり、屋台がオープンしたのは先週の事。

物珍しさから人が集まり、一週間経った今も人足は途絶えていない。リピーターも増え、列の長さは順調に伸びている。

もちろん私も、ちゃんと並んで買った。

試食でかなり食べたし、なんならユリウス様は別に用意すると仰ってくれたけど、行列に並ぶのも街歩きデートの醍醐味だ。

わざわざこの為に、二人でお仕事頑張ってお休みを捻出したんだから。

チラリと隣に立つ旦那様を見上げる。今日のレオンハルト様はお忍びという事もあり、ネイビーのシャツに黒のトラウザーズ、それにブーツというシンプルな装いだ。

髪型もいつものようにキッチリ整えてはおらず、前髪も全て下りている。それなのに、眩暈がする程に恰好良いのは何故なのか。

鍛えた体付きのせいか、はたまた生まれ持った美貌のせいか。緩いオフスタイルでも、彼の輝きは隠せない。夜会での正装や軍服とはまた違った魅力がある。

「どうかした？」

あまりにもじっと見過ぎていたらしい。

レオンハルト様は私の意図を問うように、軽く首を傾げた。そんな些細な仕草ですら素敵で、胸がきゅっとなる。

この人は私の旦那様なんですと、周りに自慢して回りたくなった。

「はぁ……、すき」

「ローゼ？」

「あ、何でもないです」

しまった。心の声が洩れた。今日の私はガチ恋オタクではなく妻なのだと、己に言い聞かせる。

慌てて否定してから、話を逸らした。

「お団子食べましょうか」

せっかくのレオンハルト様とのデートを楽しまなくては損だ。それに、お団子だって美味しいうちに食べなければ罰が当たる。

「いただきます」

大口を開けてかぶり付く。

お団子は柔らかく、仄かに香ばしい。甘じょっぱいタレとの相性も抜群で、飽きる程に試食したにも拘らず、素直に美味しいと感じる。

「んー！」

咀嚼（そしゃく）しているので言葉には出せないが、美味しさの余り、笑み崩れる。

「美味しい」

「うん、これは美味いな」

呑み込んでから呟くと、レオンハルト様も同意を示してくれた。

キラキラと目が輝いているので、気を遣ってくれたのではないと分かる。

「ふふ」

「ローゼ？」

嬉しくてニコニコと笑っていると、それに気付いたレオンハルト様は不思議そうな顔をした。

「！」

「私が好きなものをレオンも好きになってくれて、嬉しいなって」

目を丸くしたレオンハルト様の頬が、薄っすら赤くなる。

「同じもの食べて、美味しいって思えるのって幸せね」

「……ローゼ」

自分で言っておいて、なんだか照れ臭くなってしまった。レオンハルト様が感極まったような声で呼んでくれるから、余計に恥ずかしい。

平常心を装いながら、お団子を食べるのに集中する。

「うん、美味しい。帰りに屋敷の皆にもお土産を……」

早口で話していた言葉が途切れる。

空いていた方の手を、指を絡めるように繋がれた。驚いて隣を見上げると、酷く優しい眼差しとかち合う。

「オレも」

「え？」

「毎日、幸せを噛み締めている」

「！」

「隣で眠る貴方を見る度、涙が出そうになるんだ」

「年かな」なんて言って照れ臭そうに笑うレオンハルト様に、胸を撃ち抜かれた。

恥ずかしいのを我慢して好意を伝えたら、倍以上のものが返ってきた。私は一生、レオンハルト様に敵う気がしない。

「こっちも食べる？」

レオンハルト様は恥ずかしさを誤魔化すように、お団子を差し出した。

公衆の面前で『あーん』する方が恥ずかしい気はするけど、気にしない。

髪を押さえながらお団子にかぶりつくと、レオンハルト様は軽く目を瞠った。

自分から言い出したくせに、本当に食べるとは思わなかったらしい。ちょっと照れているのが、なんとも可愛い。

磯部団子を味わってから、今度は私が差し出す。

受け皿のように下に手を添えて、「あーん」とみたらし団子を持ち上げると、益々頬が赤くなっていた。

逡巡しているのが、忙しない視線の動きと眉間の皺で分かる。

虐め過ぎたかなと苦笑して引っ込めようとすると、強い視線がこちらを向く。覚悟を決めたような顔で、レオンハルト様は口を開けた。

しかしレオンハルト様の口に入る直前、誰かに私の手首を掴まれる。お団子はその人物の口の中へと消えていった。

「…………え」

唖然とした声が洩れた。

顰め面でお団子を咀嚼している人の顔に、見覚えがあった。否、あり過ぎた。

ふわふわと波打つブロンドに、目尻の吊り上がった青い瞳。

幼い頃は中性的だった顔立ちは、すっかり精悍な青年のものへと変貌している。体つきも逞しく、レオンハルト様には及ばないものの、背丈はおそらく百八十センチ前後ある。

母様譲りの美貌は、形の良い唇にみたらしのタレを付けていても欠片も損なわれない。

「よ、ヨハン……？」

久しぶりに会った弟は、不機嫌な事を隠しもしない。麗しい貴公子へと成長したものの、拗ねた顔は昔と変わっていなかった。

「相変わらず仲の宜しい事で」

そう言って、ヨハンは口角を上げる。

教本にでも載りそうな完璧な笑顔なのに、目が笑っていない。甘い声音にも棘があり、言葉には

出さないものの、立場を考えろと言われている気がした。

「ご、ごめんなさい」

しゅんと萎れながら謝罪すると、途端にヨハンは慌てだす。

「いえ、別に、貴方を責めている訳では……」

「ううん。責められているとかではなくて、ちょっと自分で気付いて反省しただけなの。人前でベタベタするなんて、駄目よね。見せられる方の気持ちを考えてなかったわ」

ヨハンはグッと言葉に詰まる。

良心の呵責（かしゃく）に苛まれたかのように、胸を押さえた。

嫌味を言ったつもりは無かったが、被害者ぶった嫌な言い方になっていたのかもしれない。

「そうじゃなくて」

ヨハンは小さな声で、何事かを呟く。しかし周囲の喧噪（けんそう）に掻き消されて、私の元までは届かない。

聞き返そうか悩んでいると、大きな手が私の右手を握った。

「ローゼ」

もちろん大きな手の持ち主はレオンハルト様で、彼はニコリと私に笑いかけた。

元気付けてくれたのかなと思っていると、彼は屈んで私に身を寄せる。

耳元に呼気を感じて、思わず固まった。

「では、次からは人目のないところでしましょうね」

「……っ!!」

甘い声で囁かれ、私は咄嗟（とっさ）に耳を押さえる。

真っ赤な顔で震えていると、ヨハンに肩を掴まれて引き剥がされた。

「お前は反省しろ‼」

勢いよく噛み付かれても、レオンハルト様はまるで応えた様子も無い。

とても楽しそうに笑って言った「すみません」は、推しは全肯定派の私でも、全く反省の色が無いなと思った。


賑わっている広場で言い争っている私達は、かなり目立った。

既にバレている気がしないでもないが、一応はお忍びの身。注目されてはまずいと、場所を移す事にした。

医療施設まで移動し、応接室の一つを借りる。

紅茶を飲む姿も絵になる美青年は、まだ機嫌が直っていないのか、不貞腐れた子供みたいな顔をしていた。

「それで、ヨハン。今日はどうしたの？」

カップをソーサーに置いたタイミングで、声を掛ける。

すると向かいの席に座るヨハンの眉間に、皺が一本増えた。

「用が無くては、会いに来てはいけませんか」

恨みがましいと表現するには可愛らしく、かといって拗ねていると表すには少し尖った口調でヨハンが言う。

「いいえ、会いたいと思ってくれたなら嬉しいわ」

素直に返すと、ヨハンは目を丸くする。

「ただ、貴方も兄様もとても忙しいと聞いていたから、暫くは会えないんだろうなって思っていたのよ」

「……それは」

「何も無くても来てくれて嬉しい。でも、もし何かあって私を頼ってくれたのなら、もっと嬉しいわ」

ヨハンの色白な頬が、薄っすらと色付く。

何か言いたげに口を開いて、結局は何も言わずに閉じる。徐々に赤みを増す顔を片手で覆い隠し、俯いた。

「姉様は狡い……」

「えっ」

遠慮せずに頼ってと言いたかっただけなのに、予想外な言葉が返ってきた。

戸惑って隣に座るレオンハルト様を見上げると、彼は眉を少し下げて苦笑するだけ。それがヨハンの言葉を控え目に肯定しているようで、益々困惑した。

せめて駄目出しをしてくれたら、改善出来るかもしれないのに。

そんな風に責任転嫁じみた事を考えていると、ヨハンは軽く息を吐いた。

「姉様に会いたかったのは本音ですが、実はそれだけが理由ではありません」

「どんな理由？」

「少し、王都を離れたかったんです」

「……どうして？」

「近々、ラプターの王女殿下が我が国にいらっしゃるのは、御存じですか？」

「ええ、もちろん」

ラプター王国の第一王女、ユリア殿下の顔が思い浮かぶ。ヴィント王国で一度お会いしたきりだけれど、とても綺麗な方だったのは覚えている。

数年前まではラプター王国の王族が我が国を訪問するなんてあり得なかったが、時代は変わった。少しずつだが、友好的な関係を築けているように思う。

今回のユリア王女の訪問も、両国の親交を深める為。そしてそれを周辺国に知らしめる目的がある。過去の遺恨は水に流し、今は仲良くやっていますよというアピールだ。

それは確実だと思うのだが、もしかしたら別の目的もあるかもしれない。

ユリア王女と、うちの兄様、それからヨハンも独身だ。両国間の繋がりを強化する為に、婚約も視野に入れている気がする。

考え過ぎかもしれない。でも、それとなく聞いたら、ヨハンは否定しなかった。

「王太子である兄様は未だに独身ですし、ユリア王女も同じく独身。年齢的にも釣り合っていますし、良いんじゃないでしょうか？」

興味が無さそうな口調で、ヨハンは言う。

「まぁ、兄様達の結婚は別にいいんですが、その皺寄せが僕の方に来るから困る」

ヨハンは低い声で呟き、渋面を作った。

「社交の場ならまだ仕事として割り切れますが、公務の合間のほんの僅かな休憩時間でさえ、何処からともなく女性が現れて潰される。頭がおかしくなりそうです」

兄様とヨハンは、この国の独身女性にとって最高峰ともいうべき優良物件だ。

王族という地位のみならず、容姿、能力、共に優れている。当然、婚約者の席を狙う女性は多い。

しかし、兄様もヨハンも女性には紳士的に振る舞うものの、全員を平等に扱う。

どんな美女が積極的にアピールしても、どんな美少女が可憐に涙を浮かべても、まるで手ごたえが無い。

強制的に横並びにされた女性達が、抜け駆けをしないよう互いに牽制をしているところで、今回のユリア様の訪問だ。

奪われてなるものかと躍起になるのも仕方ない事だろう。

そんな女性陣に振り回され、ヨハンは疲れきっているらしい。

辟易としている彼に同情はするけれど、別の疑問が頭を過る。

ヨハンは、ユリア王女の件について自分には関係ないと言いたげな態度だが、果たして本当にそうだろうか。

確かに、大国の王女殿下という身分を考えれば、相応しいのは王太子である兄様。

でも、ラプター王国は国王の代替わりを経て、国としての方針が大きく変わった。

周辺諸国からの経済制裁を受け、疲弊した国民への補償に、我が国への賠償金。

失墜した信頼回復の為に、とにかくお金がかかる。

今までのように、権勢を振るうような国力はない。

我が国とは同盟を結ぶ運びにはなったが、対等なのは表面上だけ。属国ではないものの、最早、傘下に入ったと言っても過言ではない。

そのような状況下でユリア王女が王太子妃になれば、風当りが強くなるのではないかと少し心配になる。

数年前までラプターとは敵対関係にあった事もあり、王太子妃には国内の有力貴族を推す声も多い。それくらいなら第二王子妃となった方が、心労は少なくて済む気がする。

ただ当人達の相性もあるし。外野である私がアレコレと口出しするつもりは無い。……無いのだが、どうにも気になって、色々と考えてしまう。

政略結婚が当たり前である王族に生まれながらも、一人だけ例外的に恋愛結婚した身として、負い目があるのかもしれない。

兄様にもヨハンにも、寄り添える相手が見つかるといいなと思うし、その為に助力は惜しまないつもりだ。

とはいえ目の前でプンスカしているヨハンに結婚する意思があるのかは、甚だ疑問ではある。

「そんな訳で少しの間、匿（かくま）ってくださいね」

お願いのように言ってはいるが、ヨハンの中では決定事項のようだ。

「それは別に良いのだけれど……」

その場凌（しの）ぎにしかならないのでは？

言い辛くて濁した部分を、レオンハルト様が引き継ぐ。

「逃げると後々、更に大変になりますよ」

レオンハルト様が言うと、ヨハンは渋面を作る。

「他人事だと思って」

「先達からの助言です」

苦笑したレオンハルト様の言葉に、私とヨハンは同じように目を丸くした。

そういえばレオンハルト様も、三十過ぎまで独身だった。

私としては幸運以外の何物でもないが、ネーベル王国ではその年まで未婚というのは少数派だ。

しかも彼は由緒正しい伯爵家の嫡男であり、近衛騎士団長という地位にもあった方。

縁談の一つや二つ、いや何十件と持ち込まれていた可能性が高い。

二十代半ばという若さで出世した事による多忙とか、周りの状況、彼自身の恋愛観や結婚に対する考え方、色んな要素が折り重なって今に至るのだろう。

でももし何処かのタイミングで何かが違っていたら、レオンハルト様は私ではなく、別の方と結婚していたかもしれない。

そう考えるとゾッとした。

「……ローゼ?」

黙り込んだ私を、レオンハルト様は心配そうな顔で覗き込む。

つい縋(すが)り付いてしまいたい気持ちになったが、寸前で堪えた。既に消えた過去の選択肢に怯えてしまったなんて、説明しても困らせるだけだろう。

何でもないと示す為に首を横に振った。

しかし何故か、レオンハルト様の表情が曇る。

「……呆れた？」

「え？」

「三十路になるまで縁談から逃げ続けるなんて、情けないでしょう？」

「まさか」

自嘲気味な言葉を、即座に否定した。

「私が成人するまでレオンが独身でいてくれた事が、私の人生で最高の幸運だと思っているわ」

「！」

心からの言葉を伝えると、レオンハルト様は固まった。

呼吸すら止めているのではと心配になるくらい動かなかった彼は、十秒以上経過してから、ゆるゆると動き出す。

片手で顔を覆ったレオンハルト様は、長い息を吐き出した。

私こそ呆れられてしまったのかと心配になったけれど、よく見ると耳が赤い。どうやら、照れているらしかった。

「……どう考えても、幸運なのはレオンハルトの方でしょ」

組んだ足の上で頬杖をついたヨハンは、溜息交じりに呟く。彼に半目で睨まれたレオンハルト様は、ゆっくりと手を外した。

「同感です」

目を伏せて咳払いをした彼の頬には、まだ少し赤みが残っている。

「あーあ……」

ヨハンはソファの背凭れに体を預けて、天井を仰いだ。外面が完璧な彼らしからぬ、だらしない姿をなんとなく見守っていると視線がかち合った。

逸らさずにじっと見つめられて、居心地の悪さを感じる。

「な、なに……？」

「……僕と姉様って本当の姉弟なんでしょうか？」

「は？」

ヨハンが意味不明な事を言い出した。

「血が繋がっていない可能性は」

「無いですね」

呆気に取られている私の代わりに、レオンハルト様がバッサリ切り捨てる。

「鏡を見てください。血の繋がりが無いと言い張るのは、無理があります」

「いや、鏡を見ても全然違う」

「性格と表情の差で印象は変わりますが、目や鼻の形、髪質など、一つ一つはそっくりですよ」

「でもゼロとは」

「言い切れます」

往生際悪く食い下がるヨハンの言葉は、端から全て却下された。

確かにレオンハルト様の言う通りだ。

兄様と私ならばワンチャン、可能性はある。しかしヨハンと私は二人共、母様譲りの顔立ちでよく似ている。男女の性差で多少の違いはあれど、パーツごとに見るとそっくりだ。

血縁ではないと言い張るのは無理がある。

そして、それ以前にヨハンの発言には大きな問題があった。

「王家の醜聞になりかねない、質(たち)の悪い冗談は止めなさい」

仮に冗談であっても、王族である私達が口に出す事は許されない。

私達の両親は国王夫妻。つまり国のトップ。親子であっても侮辱罪や不敬罪は適用される。誰かの耳に入れば、そのまま投獄コースだ。

「はーい」

憮然(ぶぜん)とした声で応えるヨハンに緊張感はない。

「仮に血の繋がりが無くとも、既にローゼは私の妻です。諦めてくださいね」

レオンハルト様のセリフに、私は驚く。

いくらシスコンとはいえ、流石にヨハンも本気で言ってない。弟相手に牽制する必要はないと思うけれど、嬉しいものは嬉しい。

ヨハンは不貞腐れた顔でそっぽを向き、舌打ちした。

「お前はいいよな。最愛の人と結婚したんだから」

「ええ、お蔭様で」

「独り者に惚気(のろけ)るとか、性格悪いな」

「独り身が嫌なのでしたら、お相手を探されては?」

レオンハルト様の返しに、ヨハンは「本当、性格悪い」と呟いた。

「僕は自分が結婚に向いているとは思わない。年寄り連中は、結婚は王族の義務だなんだと言うが、妻の実家の後ろ盾など無くても兄様を支えていく覚悟はある」

拗ねた子供みたいな顔から一転、真剣な顔付きになる。

ヨハンは淡々とした口調で言った。

「寧ろ下手に身内を作れば、柵も増える。争いの種は極力作りたくない」

ヨハンの言いたい事はなんとなく分かった。

王子妃の実家が権力を持ち、暴走したケースが過去にある。

他にも王太子夫妻に子供が出来なかった場合などを考えると、ヨハンが二の足を踏む気持ちも理解出来た。

しかし、それが罷(まか)り通るかどうかは別問題だ。

当人もそれは痛い程に分かっているはず。

「夫婦ではなく、契約上のパートナーだと割り切ってくれる女性が、何処かにいないものかな……」

誰に聞かせるでもない独り言は女性に大分失礼なものではあったが、偽りない本音なのだろう。

第二王子の困惑。

最愛の姉と過ごす日々は、最高の一言に尽きた。

朝起きて、朝食の席に着くだけで姉様に会える。

女神の如き神々しい笑顔で、「おはよう」と挨拶してくれる。

執務を少し手伝うだけで、とても嬉しそうに「ありがとう」と言ってくれる。

夜に「おやすみ」と別れる事になっても、当たり前のように「また明日」と翌日の約束をしてくれる。目の端に邪魔な存在がチラチラと過るが、そんな事が気にならないくらい至福の時を過ごしていた。

執務と女性に追われ続けた地獄の日々すら、今日の幸福の為にあったのなら仕方ないと流せた。

そのくらい満ち足りた時間であったのに。

翌日、街歩きをしていた途中で思いがけない人物に出会い、僕の穏やかな休日は終了した。


「あら、ヨハン様。偶然ですわね」

「……何故ここに」

唸るような低い声が洩れた。

我ながら嫌そうな声だなと思うのだから、相手にも伝わっているだろう。けれど相対する人は微塵も怯んだ様子はなく、見本のように綺麗な笑みを浮かべた。

腰まで届く長い黒髪に、長い睫毛に飾られたオニキスの瞳。

肌は新雪よりも白く、端整な顔立ちも相まって人間味が薄い。小柄な体躯は少しでも力加減を間違えれば折れてしまいそうに細く、庇護欲を掻き立てられる男は多いだろう。

しかし、繊細なガラス細工のような容姿とは裏腹に、内面は冷静で強か。

ラプター王国第一王女、ユリア・フォン・メルクルは、そんな油断ならない女性だ。

「予定よりも随分と早いお着きで」

「天候が安定していないようでしたので、日程に余裕を見ましたの」

ラプター王国一行の到着は来週の予定だ。

余裕のある日程を組んだにしても早過ぎるだろうと、心の中で毒づく。そもそも、どうして王都ではなくプレリエ領にいるのかの答えになっていない。

それにユリア王女の服装は、ごくシンプルなオリーブグリーンのワンピース。髪も一部を編み込んでいるだけで、装飾品の類いは一切付けていない。護衛も、目に見える場所には一人だけ。

それでも高貴さは隠しきれるものではないが、良家の子女という範疇にどうにか収まっている。

あまりにも用意周到。

最初から、お忍びで見て回る気があったとしか思えない。

そんな僕の心情を読んだかのように、彼女は「それに」と言葉を続けた。

「今、話題のプレリエを一目見てみたかったのです」

確かにプレリエは今、世界中で最も注目を集めている地域だ。医療施設建設に伴い、各地から商人が押し寄せて我が国の商業の要となりつつある。

この街が流行の最先端となる日は、そう遠くは無いだろう。

若い女性が興味を持ったところで、なんら不思議ではない。

だが、元敵国の王女の言葉だと思うと、穿った見方をしそうになる。

流石に王女相手に『偵察か』なんて聞けなかったが、顔には出ていたんだろう。ユリア王女は溜息を吐き出す。

「ご安心ください。竜の逆鱗に手を伸ばすような度胸も力も、もう我が国にはございませんわ」

竜の逆鱗とは、プレリエ公爵領の事か、それとも姉様の事か。

おそらく両方なのだろうな、と胸中で呟いた。

ネーベル王国にとってプレリエは、王都に次ぐ重要な拠点となる可能性が高く、価値はどんどん上がっている。

そして、ただの田舎町であったプレリエを急成長させた領主たる姉様の価値も、言わずもがな。

かつてラプター王国は、姉様の暗殺未遂という最悪の形でネーベル王国の逆鱗に触れた。次は国力を削ぐ程度では済まされないだろう。

とはいえ、まだ警戒を解くには早い。

「これは私個人の、ただの興味です」

しかし、そう呟いたユリア王女の表情を見て、毒気を抜かれる。

整った顔には、いつも浮かべている隙の無い微笑は無かった。取り繕っていない自然な様子の彼女の目に、嘘は無いように思える。

「それでも心配なようでしたら、傍で監視なさったら如何？」

「……は？」

素に近い無表情は一瞬で消え、笑顔に戻ったユリア王女に驚いて反応が遅れた。

「初めて来た場所で、右も左も分かりませんの。エスコートしてくださる？」

まさか、淑女に恥をかかせる事はしないわよね？

そう言外に突き付けられ、顔が引き攣りそうになる。

「……もちろん。僕でよければ、喜んで」

敗北感を覚えながらも、僕は精一杯笑ってみせた。


ユリア王女が興味を示したのは、一般的なご令嬢の好むような店ではなかった。

彼女が案内を望んだのは、ドレスやアクセサリーなど貴族向けの店が立ち並ぶ区画ではなく、庶民で賑わう大通りだ。

日用品や食材が雑多に並ぶ店先で、ユリア王女は明らかに浮いている。

今日の為に目立たない服装を選んだのだろうが、生まれ持った気品や美貌が人目を引いていた。

今も毛織物を手に取り、繁々と眺める当人は気付いていないようだが、その美しさに気圧される形で周囲にぽっかりと空間が出来ている。

　疲労を感じて、つい吐息を零す。

　近くにあった薄手のショールを適当に選び、店員を呼んで支払いを済ませた。

「ユリ殿」

　これだけ目立っているのに、本名を呼ぶわけにはいかない。

　ただの偽名だが愛称のようだなと思うと、疲労感が増した気がした。

「ああ、お待たせしてごめんなさい」

　顔を上げたユリア王女は、僕を待たせていた事を思い出したらしく謝罪した。

「随分と熱心にご覧になっていましたね。編み物にご興味が？」

　織物の店から離れ、通りを歩きながら問うとユリア王女は軽く頭を振る。

「刺繍も編み物も、どちらかといえば苦手です。ですが目は肥えていますから、品の良し悪しは分かりますわ」

　彼女の指示で、さっきの毛織物を護衛が購入していた。

　つまり良品だと判断したのだろう。

「編み目も素材も素晴らしく、品質に殆どばらつきがありません。それに価格もここ数年、安定していると聞きました」

　そういえば、プレリエ北部の村の毛織物の需要が、近年高まりつつあるらしい。

　商機だと捉え、大量生産して売るのも一つの手ではあるが、姉様の考えは違った。

　強引に生産数、生産速度を上げようとすると、一つ一つの品質が落ちる。

そうなると一時的に莫大な利益を得るのは可能でも、継続的な需要は見込めない。品質が落ちれば、信用も同じく落ちる。

無理の無いペースでの生産拡大を考えており、その為に関税、保証の法整備を進めていると言っていたような気がする。

高騰も暴落もなく、一年中、安定した価格である事が望ましいと。

こんな往来で詳細を説明するのもどうかと思い、大まかに姉様の意図を伝えると、ユリア王女は目を瞠った。

彼女だって人間なのだから、驚く事もあるだろう。

しかし貼り付けた笑顔を見慣れてしまっていたので、素の表情を見せられると、どうにも居心地が悪い。ただでさえ恐ろしく整った容姿なのに、無防備な表情は幼子のようで、そのアンバランスさが更に人目を引く。

通り過ぎる男達が頬を赤らめて振り返るのを見て、さっき買ったものの存在を思い出した。

「……日差しが強くなってまいりましたので、宜しければこちらを」

目立っているから顔を隠せとは流石に言えず、下手な言い訳と共にさっき買ったショールを渡す。

するとユリア王女は素直に受け取り、フードのようにショールを頭から巻いた。

その後もユリア王女は気になった品の前で足を止め、一つ一つ、ゆっくりと眺める。

香辛料の種類の豊富さ、食材の鮮度や価格にも興味を示し、驚く姿はまるで普通の少女のようで調子が狂う。

「貴方のお姉様は、本当に凄い方ね」

広場の一角で足を止め、少し先にある医療施設を見つめながら彼女はぽつりと呟いた。

その声には媚びる色も、蔑む意図も無い。

つい零れた本音のようなその言葉には、ほんの少しの諦観と憧憬だけが込められていた。

或る王女の独白。

人で賑わう広場の奥。遠くに、一際大きな建物が聳(そび)え立つ。

石造りの大きな建造物には、彫刻や壁画等の装飾が一切無い。無駄を全て削ぎ落したようなソレは、贅沢こそ貴族の義務だと考えている人々の目には、さぞ無骨に映る事だろう。

けれど私には、酷く尊いものに見えた。

見栄(みえ)も体裁も関係ないとばかりに華美さを捨て、頑丈さに重点を置く構造は、発案者である公爵閣下の清廉さを表しているようだ。

何もかもが、私とは違う。

地位も年頃も性別も境遇も、あらゆるものが重なるというのに。何故、これほどまでに差があるのか。

「ユリ殿？」

物思いに耽る私は、声を掛けられて我に返る。

顔を上げると、ヨハン様と視線がかち合った。

人混みの中、唐突に立ち止まった私を訝しんでいるのだろう。

感情を人に悟らせず、貼り付けた笑顔で対応する彼にしては珍しく、表情から困惑が見て取れた。

ヨハン様は彼の姉君とは違い、私と同類だと思っていた。

物事の判断基準は善悪ではなく、利害。守るべきものの為ならば、躊躇いなく手を汚せる部類の人間だと。

「具合が悪いのなら、何処かで休みましょう。確か近くにカフェがあったはずです」

しかし、嫌々ながらも気遣うヨハン様の姿に、己の認識が誤りであると分かった。

彼はおそらく優しい人。ただ、必要ならば冷酷な判断も下せるというだけ。

私とは根本的に違う。

自分しか大切なものを持たない、私とは。

私、ユリア・フォン・メルクルは大国の王女として生を受けた。

母国であるラプター王国は、一年の半分以上は雪に埋もれる。

国土こそ広いものの三分の一は山岳地帯と永久凍土が占め、作物は育たない。慢性的な食糧不足は鉱物資源の利益と、他国からの略奪で賄ってきた業の深い歴史を持つ国だ。

力こそ正義を地で行く我が国では、女は戦利品で道具。王家に生まれた私も例外ではなく、政治の駒として扱われる。

幼い頃から物覚えが良く、周囲からは神童と誉め称えられても、国王にとってはさして意味の無い事だった。

能力が優れていたところで、多少、道具としての価値が上がった程度の誤差。

いずれ有力者の下に嫁ぎ、国の利益となるよう動く事以外の期待はされていない。

王妃である母は夫の言いなりで、二言目には「お父様に逆らっては駄目よ」と私に言い聞かせた。

異国の本も優秀な教師も、女である私には必要無いと遠ざけたのは、目立つ事で父の不興を買うのを避けたのかもしれない。それが子供への愛情によるものか、保身なのかは分からないけれど、私の身を助けていたのも事実なのだろう。

けれど、余計なお世話だった。

『女である』という唯一の理由の為に、私の人生の選択肢は消えた。

それは私にとって、屈辱を伴った絶望を齎した。

私には、己が優れた人間であるという自負がある。

それなのに性別の違いだけで、私よりも能力が劣る人間が優遇される事が我慢ならなかった。

兄の代わりに王位に就けなくてもいい。広大な領地も、資金もなくていい。

ただの平民としてでもいいから、自分の力を試してみたかった。

何も無いところから始め、見事、億万長者となるか。それとも道半ばで挫折して、野垂れ死ぬか。

どちらでもいい。思うがままに生きる権利が欲しかった。

けれど王女として生まれた私には、たったそれだけの自由が何よりも遠い。

男に媚びて生きる道以外、私には許されてはいなかった。

ならばせいぜい、美しく着飾ろうと思った。

どうせ買われるのならば、より高く買われてやろう。

地位が高く、愚かで操りやすい男が望ましい。

熱心に媚びて、愛を囁いて、いつか裏から全てを掌握してみせる。

そんな私の歪んだ決意は、ある日、一瞬で崩れ去った。

ヴィント王国の王太子の交代、母国の衰退、ネーベル王国との同盟。世界情勢に大きく関わる大事だが、そんなものが理由ではない。

ネーベル王国第一王女ローゼマリー殿下が、婚姻を機に臣籍へ降下。世界初となる女公爵の地位を賜ったという。

しかも複合的な医療施設という画期的な計画も持ち上がり、彼女が治めるプレリエ領は発展の一途を辿っている。

世界中から注目を浴び、今後も益々の飛躍が期待されるだろう。

近衛騎士団長であった夫の支えはあるだろうが、医療施設計画の要を担い、領地運営を主導しているのは間違いなく、ローゼマリー様ご本人。

誰に媚びる事なく、誰に汚される事もなく。容姿と同じく心根も清らかなまま、私の欲しかった全てを手にした方がいる事に愕然とした。

ならば、私が今までしてきた事は何だったのだろう。

そう気付いた瞬間、足元が崩れた。

自分が望む方向へ続く細い道を、必死に踏み外さないよう歩いてきたのに、踏み固められていない大地を自由に上っている人の背中を見てしまった。

その時に感じた絶望は、性別を理由に人生を諦めた時など比にならないものだった。

私は優秀な人間などではない。自惚れが強い凡人の一人に過ぎなかった。

そんな残酷な事実を簡単に認められるはずもない。

ネーベル王国からの招待にかこつけて、プレリエ公爵領を訪れたのは、悪足掻き（わるあがき）だったのかもしれない。

プレリエは明るい街だった。

市場は活気に溢れ、人々は生き生きと暮らしている。

古い建物に新しく整えられた道路と、新旧が混ざった街並みはちぐはぐで、整然とした景観とは言い難い。しかし、不思議な魅力があった。

貴族と平民とで生活する区域は分けられているものの、貧富の差は大きくないと感じる。

細い路地や建物の裏、街はずれを見ても、暗部が無い。

急成長した場所にありがちのひずみが、この街には無かった。

そんなはずはない。

若い娘が功を焦って政策を推し進めたのなら、何処かに皺寄せがくる。輝かしい功績の裏側には、必ず影が落ちるものだ。

しかし、姉を訪ねてきていたらしいヨハン殿下に案内を頼み、巡ってみて分かった。

ローゼマリー様は革新的な発想を持ちながらも、本質は堅実な方らしい。

この街には今、人も物も溢れている。手段を択（えら）ばないのならば、国家予算にも匹敵する金貨を稼ぐ事も夢ではないだろう。

けれどローゼマリー様は目先の金には惑わされない。

数年の繁栄ではなく、長期的な、それこそ子孫の代まで続く安定した領地運営を目指されている。

私なら、どうしただろう。そう考えるのも罪な気がした。

小さな村の毛織物一つさえ、おざなりには扱わず、時間をかけて法を整備している彼女に敵う余地など端からない。

私の敗因は、女として生まれた事ではなかった。

上に立つ者の器でなかった、それだけの話。

ぽっかりと胸に大穴が空いた心地だった。

笑いたいのか、泣きたいのか、それすらも自分では分からない。道の途中で放り出された迷い子のように、ただ途方に暮れた。

唐突に動かなくなった私に、ヨハン殿下は困り果てていた。

苦虫を噛み潰したような顔は、余裕ある態度を崩さない彼にしては珍しい。

額に手を当てて溜息を吐いた後、私の手を引いて連れてきてくれたのは、街で一番大きな館。

門番が取り次ぎ、暫くしてやってきたのは、私が今、最も会いたくないと感じ、同時に誰よりも意識している方。

驚いたお顔も溜息が出る程美しい女性——ローゼマリー・フォン・プレリエ公爵閣下。

さっきのヨハン様と同じく困惑したような様子だった彼女は、じっと私を見た後、柔らかな微笑みを浮かべる。

「お久しぶりです。ようこそプレリエへ」

出迎えの声と笑顔は、この街の印象と同じように温かいものだった。

転生公爵の憂い。

散策に出かけた弟が、憂い顔の美少女を連れて帰ってきた。

しかも相手は、ラプター王国の王女殿下、ユリア・フォン・メルクル様だ。

近々王都にいらっしゃるとは聞いていたけれど、プレリエ領に来るなんて話は無かったはず。

どうしてそうなったと聞きたいのは山々だが、様子を見る限りはヨハンにも分からないらしい。

困り切った表情の彼の目が、私に助けを求めている気がする。

何事も卒なく熟す弟も、流石に、意気消沈している異性の扱いは心得ていなかったか。改めてヨハンもまだ十代の青年である事を思い出した。

初々しくて良いと思う。思うけれど、力になれるかどうかは、また別の話だ。

私とユリア王女は初対面でこそ無いが、会ったのは一度きり。しかも公式の場で、当たり障りのない会話をしただけ。個人的な交流は、一度も無い。

そんな、ほぼ他人のような間柄の人間が、元気付ける事なんて出来るだろうか。

『ようこそ』と笑顔で出迎えたのはいいものの、正直ノープラン。心の中ではヨハンと同じく、動揺して右往左往していた。

屋敷を案内している時も、晩餐の席でも、ユリア王女は殆ど口を開かない。

私達の話に相槌を打ち、問いかければ返してはくれるけれど、ほんの一言、二言。悩みが知りたくても、取っ掛かりすら見つけられない状態だ。

こちらを無下にするとかではなく、控え目に線を引かれている。ここから先は入らないでねと壁を作られているような気がした。

それに静かに微笑むユリア王女の姿は、気安く声を掛けられない気高さがある。

憂いを払いたい、元気付けたいと思うのは私のエゴに過ぎない。彼女自身はそんな事は望んでいないのではないかと思ってしまった。

それに、ラプター王国の内政に関してだったら私には言えないだろう。

物思いに耽っていた私は、吐息を零す。

すると背後から、声が掛かった。

「ローゼ?」

私が座るソファの後ろに立っていたのはレオンハルト様だった。

湯上がりらしく、ほんのり色付いた肌と、首筋に張り付く濡れ髪が目の毒だ。

「髪、まだ濡れているわ」

「拭いてくれる?」

毛先から雫が落ちているのを指摘すると、レオンハルト様は私の隣に腰掛ける。

私が手を伸ばしやすいように屈んだ彼は、様子を窺うようにこちらを盗み見た。甘える子供みたいな顔に、キュンとする。

本当、そういうところだぞ。

「もう、しょうがない旦那様ですね」

「貴方が甘やかすからですよ」

口先だけ不満そうに取り繕っても顔がにやけているから、喜んでいるのはバレバレだ。レオンハルト様も私の軽口に返しながら、クスクスと密やかに笑う。

受け取ったタオルで、艶のある黒髪の水分を丁寧に拭き取る。

「それで、どうしました？　何か悩みでも？」

「うーん……、私の悩みというか」

私の歯切れ悪い答えでも意図は伝わったらしく、レオンハルト様は頷いた。

「王女殿下ですか」

「ええ」

「確かに、沈んだご様子でしたね」

ユリア王女の異変に、レオンハルト様も気付いていたようだ。

「何か、悩んでいるような気がして。本当は晩餐の後に、少しお話し出来たらいいなと思っていたんだけれど……」

「すぐに部屋に戻られてしまいましたからね」

レオンハルト様の言葉通り、ユリア王女は晩餐が終わるとすぐに部屋へと戻ってしまった。まるで、これ以上構わないでくれと示すみたいに。

「王女殿下とは個人的な親交が？」

レオンハルト様の言葉に、私は頭を振る。

「ヴィント王国で一度、お会いしただけ。公式の場だったし、殆ど言葉も交わさないで終わってしまったわ」

「当時の情勢を考えたら、仕方のない事です」

あの時、ネーベル王国とラプター王国は既に水面下で敵対関係にあった。

しかもヴィント王国との同盟を巡り、両国で睨み合っていた。

些細な情報漏洩が命取りになるような場面で、私のような迂闊（うかつ）な人間が敵国の王女様と仲良くなるなんて、無謀を通り越して暴挙だ。

何事もなく別れた当時の私の判断は間違っていない。

でも『間違ってない』と、『正解』はイコールでは無いと思考が堂々巡りした。

髪を拭く手を止めると、レオンハルト様は顔を上げる。

情けない顔をした私を見て、彼は苦笑した。

「後悔している？」

「ううん、してない」

幼い子供みたいな、拙い言葉になった。

どうにかしたかったけれど、たぶん出来ないのが現実。私は自分の不器用さを知っている。

「なら大事なのは、過去ではなく今ですね」

不細工になっているであろう私の顔を両手で包んだレオンハルト様は、頬の肉をむにむにと揉み解した。

「悩んでいる理由が分からないなら、聞けばいい」

「ずかずかと踏み込んで、嫌な思いをさせてしまわないかしら？」

「嫌だったら、話さないでしょう」

「傷付けちゃうかも」

「その前に『帰れ』って言われるだけだと思いますよ」

遠回しに笑顔でね、と付け加えられて思わず想像してしまった。

「……そうしたら私が傷付いちゃいそうだわ」

少し笑って返すと、レオンハルト様も可笑しそうに笑った。

頰を包んだままだった手に上向かされて、おでこにチュッと口付けが落ちる。

「そうなったらオレが、慰めて差し上げます」

不意打ちのキスと艶めいた視線に、頰が熱くなる。

結婚して一年以上経つのに、未だ慣れない。

恥ずかしさを誤魔化す為に頰を膨らませ、拗ねたフリをする。

軽く胸を叩くと、降参とばかりに両手を上げて彼は離れた。

髪を拭いていたタオルをレオンハルト様に返してから、ソファから立ち上がる。厚手の上着を手に取って羽織った。

「じゃあ、少しお話ししてきます」

たぶん、まだ眠っていないだろう。何か温かい飲み物でも持っていこうかな。

「何時に戻るか分からないから、先に眠っていて」

「一人寂しくベッドを温めていますね」

レオンハルト様は入り口までついてきた。

頬に掛かっていた私の髪を指先で退かしたかと思うと、そのまま口付ける。

またからかう気かと身構えたが、顔を上げた先、驚く程に優しい視線とかち合った。

「上手くいかない事があっても貴方らしくいてください。不器用なくらいに真っ直ぐで、お人好しの貴方に、オレも皆も救われたんだから」

「！」

「どうか、それを忘れないで」

不意打ちで、涙ぐみそうになった。

今からする事は余計なお世話かもしれないと思っていたから、余計に心に沁みる。

間違ってもいいよと背中を押してもらえた気がした。

「あんまり甘やかさないでくださいっ！」

「ローゼもオレを甘やかすんだから、お相子です」

涙目を見られないよう背中を向ける私に、レオンハルト様は「いってらっしゃい」と小さく手を振って見送ってくれた。


ユリア王女に会いに行くと決めた私は、まず厨房に向かった。

話をする時には飲み物があった方がいい。温かい飲み物はリラックス出来るし、会話の取っ掛かりにもなる。それから、ちょっと狡い考えだけれど、手土産を持ってきた人間って追い返し辛いと思うし。

夜の厨房は静まり返っていた。明日の朝食の仕込みも終わったのか、料理人の姿は無い。

たまに趣味として、夜中にコッソリ厨房を使っている私は、火の扱いも慣れたものだ。手際良く火を灯し、お湯を温める。

二人分の飲み物を淹れて、トレイに載せた。

隅の方に置かれたワゴンを見つけたけれど、すぐにいらないと判断した。夜中に音を立てるのも迷惑だろうし、ワゴンを使う程の重さでは無い。

そう考えてユリア王女の部屋の前まで来て、漸く私は己の愚かさに気付いた。

トレイで手が塞がっていて、ドアがノック出来ない。

そりゃあ、そうだよ。なんで数分前の私は、ワゴンをいらないと判断した？　滅茶苦茶必要じゃないか。

自分の間抜けさに、頭が痛くなる。

一度、厨房までワゴンを取りに戻ろうかとも考えたが、飲み物が冷めてしまう。助けを求めようと周囲を見回すと、夜間警備の騎士と目が合った。

夜に大声を出す訳にもいかないので、目で『開けて』とお願いする。

恰好悪い姿を見られるのは嫌だけど、この際仕方ない。助けてくださいと目で訴えると、彼は恭しく首を垂れた。更には、そっと視線を逸らされる。

……えっ。どういう事。

もしかして夜の廊下で俯いていた私は、彼の目には、深刻そうに映ったんだろうか。だから、声を掛けるべきではないと判断した？

違うの。『見ない振りをして』というアイコンタクトではなく、単純に、手が塞がっているから
ドアを開けてほしかっただけなの。

「どうしよ……えっ？」

途方に暮れていた私の足元を、唐突に何かがすり抜ける。

毛皮のような感触が、足首を撫でた気がする。

「何？　……って、ネロ？」

トレイを持ち上げて、足元を覗き込む。すると黒い毛玉……ではなく愛猫がいた。

「どうしてここにいるの？」

ネロは、私が王女だった頃から飼っているオスの黒猫だ。

猫は環境の変化を嫌うと聞いていたので、私がプレリエ領主になる事が決まった時は、どうしよ
うかと悩んだ。

私の気持ちとしては絶対に連れていきたかったけれど、ネロがストレスで体調を崩すのも嫌だ。

もしもの時は母様に預け、私がこまめに王都へ帰ってこようかとも考えていた。

しかし私の心配とは裏腹に、ネロは公爵領に移ってからも特に変化は無い。寧ろ、当主である私
よりも悠々自適に暮らしている。

ちなみにお気に入りスポットは、温室や四阿（あずまや）。それから私の執務室。今日はずっとソファの上で
眠っていたから、今になって目が冴えてしまったのかもしれない。

宝石のような青い瞳がキラリと輝くのを見て、私は嫌な予感がした。

「……待って、ネロ」

今は遊んであげられる状況じゃないの。

真剣に語り掛けても、猫が聞いてくれるはずも無い。

「ちょ、ダメ」

私の夜着の裾に、爪が引っ掛かる。よじ登る気満々のネロに、私は大いに焦った。

動いてカップの中身を零したら、ネロが被ってしまうかもしれない。

しかし放置していたら、ネロが登山を開始してしまう。迷っている間にネロは動き出し、既に後ろ足が宙に浮いていた。

細身とはいえ成猫の体重が掛かり、生地が悲鳴じみた音を立てる。

夜着の素材は薄手で繊細。ちょっと引っ掛けただけでも、糸が解(ほつ)れてしまう。特に裾部分についているレース地はデリケートなのに。

「あああ……」

蒼褪めた私の脳裏に、哀しそうな侍女達の顔が浮かぶ。

確かこの夜着、一番お高いやつだ。ごめんね、皆。マモレナカッタ……。

諦めかけた私の耳に届いたのは、布が裂ける哀しい音……ではなく、扉が開く音だった。

「…………」

「…………」

「……何を、なさっているの……？」

無言で見つめ合う事、十数秒。明らかに困惑した様子のユリア王女が口を開いた。

無理もない。真夜中に自分の泊まる部屋の前に、猫をぶらさげた女が棒立ちしていたら、誰でもそんな反応になるだろう。

「……えっと、お邪魔しても宜しいでしょうか？」

答えに窮した私は、逆に質問を返す。

「……どうぞ」

ユリア王女は、迷った末に大きく扉を開けてくれた。

その隙間から、私よりも先にネロが室内へと滑り込む。我が物顔で部屋の奥へと進み、ソファに乗ったネロを見て、ユリア王女の顔が和らいだ。

「かわいい」

「勝手に上がり込んでしまって、ごめんなさい」

「いいえ、気になさらないで。猫は好きなの」

ネロから少し距離を空けて、ユリア王女は腰掛ける。不用意に手を伸ばしたりはせず、優しい目で見守っている。どうやら本当に、猫がお好きなようだ。

ネロのお蔭で、気まずい空気は流れずに済んだ。

ありがとう、ネロ。後でササミを献上するからね。

「美味しい」

ユリア王女は一口飲んでから、吐息を零すように呟く。

「紅茶かと思ったけれど、違うのね。この匂いは……レモンと蜂蜜かしら？」

「はい。紅茶にしようかとも思ったんですが、夜に飲むと眠れなくなってしまうかもしれないので、こちらに。ただ、苦手でしたら無理しないでくださいね？」

「好きな香りだわ。とても落ち着く」

「良かった」

ぽつりぽつりと、当たり障りのない会話を続ける。

緩やかな時間が過ぎて、丸くなったネロが寝付いた頃。ユリア王女は一度、目を伏せた。

「……私ならば、ここには来なかったでしょうね」

「え？」

静かな声で語られた言葉の意味が、すぐには理解出来なかった。

問うように眼差しを投げかけても視線は交わらない。手元に視線を落としたユリア王女は、笑みを浮かべる。音も無く降り積もる粉雪のように、美しくも哀しげな微笑だった。

「国賓とはいえ、格下の国の王女。最低限の礼儀さえ尽くせば、後は放置で構わないと判断したでしょう。体調を崩したのならともかく、相手の機嫌など知った事ではないわ」

乱暴な言葉選びに驚くも、口を挟まずに話を聞く。

「だって、何の利益にもならないもの。媚びを売っても得にならない相手の為に、己の時間を割くなんて非効率的だわ。体裁を考えたとしても、翌朝、一声掛けるだけで十分」

ユリア王女の手に力が籠る。

空になったカップを支える指先が、血色を失って白くなっていた。

「じゅうぶん、なのに」

声が途切れる。ユリア王女は泣き笑うみたいに、黒水晶の瞳を細めた。

「貴方は温かい飲み物を淹れて、訪ねるのね。格下の人間でも、自分を嫌っているかもしれない相手でも」

凛とした声が、震えるように掠れた。

それにどうしようもなく、落ち着かない心地になる。

だんだんと俯けていく姿が見ていられない。

最後まで黙って、話を聞こうと決めたつもりだったのに。

「私には出来ないわ」

「やらなくていいんです」

反射的に否定してしまった。

強めの声が出て、ユリア王女は驚いたように顔を上げる。

悩みを相談してほしかったはずなのに、私は何をしているのか。せっかく話してくれたのを遮って、しかも否定するなんて。

でも、これ以上は黙っていられなかった。

「私と同じようにする必要なんてありません」

「……私と貴方では、同じようにはいかないものね」

自嘲気味な笑い方を止めたくて、強引に言葉を続けた。

「それはそうです。両手が塞がっていて、ドアが開けられずに困った経験とか無いでしょう？　裾に猫がぶら下がって取れなかった事は？」

黒水晶の瞳が、きょとんと丸くなる。

驚いた顔は幼くて、毅然とした王女殿下とは別人のように見えた。

「そんな間抜けは、私一人で十分ですよ」

笑って言うと、ユリア王女はパチパチと数度瞬いた。

「確かに私は、悩むくらいなら動くようにしています。でもそれは信念に基づいてとか、誇りがどうのとか、立派な理由ではありません。ただ単に、不器用だからです。私の場合は考え込むより、即行動に移した方が良い結果に繋がる事が多いので」

そう、私にとってマシな方を選んだだけ。

それが誰にとっても最善とは限らない。

「行動力があるなんて誉めてくれる方もおりますが、そんな良いものではありません。結果的に上手くいっても、もっと効率が良い方法があったんだろうなっていつも思います」

父様のように書類と報告だけで判断が下せるように、本当はなりたい。執務室で完結出来るのが理想。

けれど実際の私は未熟故に、自分の目で確認する必要がある。確実ではあるけれど、時間は倍以上かかってしまう。

でも、しょうがない。それが私。

人には向き不向きがあるのだから、手段が違って当然。

「私のやる事は正解ではないです。でも私にとっての最適なんだろうなって、そう信じているからこそ選んでいるだけ」

「最適……」

「はい。だから、ユリア様はユリア様の最適を選んでください」

呟くユリア王女の目が、瞬きの度に光を増しているように見えた。眼前の霧が晴れたかのように、表情の迷いも消えていく。

凛々しく、賢く、麗しい。

ネーベルよりも更に男尊女卑の風潮が強いラプター王国にありながら、毅然と咲く黒百合のようなこの方に、私は憧れている。

だから迷い悩んでいたとしても、自分を卑下してほしくない。

「そうね。私は私、貴方は貴方」

肩の力が抜けたような声だった。

「ありがとう。少しスッキリしたわ」

そう言ってユリア王女は、照れたようにはにかんだ。

或る王女の笑顔。

私が笑うと、ローゼマリー様も笑う。

表情を緩める彼女が、心から安堵している事が分かる。ここまで他人の為に心を砕く人がいるのかと、不思議な心地になった。

私とは何から何まで違う人。

その感想は数分前と同じなのに、もう心は痛まなかった。

「そういえば、ユリア様はどれくらい滞在されるご予定ですか？」

「あと一日、二日でしょうか。もう少しプレリエ領を見て回ってから、王都に向けて出発しようかと思っています」

日程を考えながら答えると、ローゼマリー様の目がキラリと光る。

「目的地とか、決めていたりします？」

「いいえ。まだ特には……」

頭を振る。

大成したローゼマリー様への嫉妬から、街の粗探しをしてやろうという小姑みたいな気持ちは既に消え失せた。

残った時間は、純粋に楽しむ事に費やしたい。

良い場所はあるかと訊ねると、ローゼマリー様は悪戯を企む子供みたいな顔で笑った。

「では、私にお時間をいただけますか?」

「……え?」


そんな会話をした翌日。

私とローゼマリー様はお忍びで街に繰り出す事となった。

「晴れて良かったですね」

栗色に染めた髪を高い位置で結っているローゼマリー様は、暗い赤のワンピースに同系色のブーツと、一般的な庶民の服装だ。

髪型のせいか、服装のせいか、昨日より幼く見える。

着飾った姿は美貌の女公爵といった風情だったが、今日の彼女は活発な美少女だ。にこにこと機嫌良く笑う姿は太陽よりも眩(まばゆ)くて、通り過ぎる人の目を引いていた。

私も一応、髪は栗色に変えているものの、ローゼマリー様ほどの変化はない。

装いや髪の色を少し変えただけで、ここまで印象が変わる人はそういないだろう。しかも、その時々で惹きつける人の種類すら変わるのではないかと思う。

彼女の旦那様はさぞ苦労されているのだろうなと、元近衛騎士団長である美丈夫の顔を思い浮かべた。

「さて、まずは何処へ行きましょうか」

キラキラと目を輝かせて周囲を見回すローゼマリー様に、私は驚く。

昨日の話の流れで、目的地は既に決まっていると勝手に思い込んでいた。

「道沿いの気になるお店、端からひやかして行きます？」

「えっ」

「あ。あれ、ユリさんに似合いそうですね」

ローゼマリー様は店の一角を指差し、近付いていく。

髪飾りを手に取った彼女は私を振り返り、笑顔で手招いた。

戸惑いながらも傍に寄ると、髪飾りを手渡される。

布細工で出来た白い花が目を引く、可愛らしい品だ。職人の腕が良いのか、細部までしっかり作り込まれた良品だと感じる。材料である布自体の質も良い。

しかし値段は想像の半分以下で、驚いた。

「嘘でしょう？　ネーベルの……、いえ、プレリエの経済はいったいどうなって……」

「これ、お願いします。包んでくださいね」

ぶつぶつと独り言ちる私の手から髪飾りを取り上げ、ローゼマリー様はさっさと会計を済ませてしまった。

「次行きますよー」

「待って。あのお店は、ちゃんと儲けは出ているの？」

「大丈夫。服飾店と提携していて、端切れが安く手に入るらしいです」

「それは興味深いわ。ぜひお話を……」

「それはまた次の機会にしましょうね。今日は遊びに来ているんですから」

背中を軽く押されて、言葉に詰まる。

昨夜の雑談中、ヨハン様と共に街歩きをしたという話をした。

訊ねられ、何処で何をしたのかを大まかに話していると、だんだんとローゼマリー様の表情が曇り、ついには黙ってしまった。

複雑な表情の彼女曰く、『それは街歩きではなく視察です』との事。

そういえば、値段や品質にばかり気を取られていて、欲しいかどうかは考えていなかったと思い至った。

その後もローゼマリー様は、あちらの店、こちらの店と目についたままに入っていく。

人の頭くらいの大きさのガラス玉や、木彫りの熊の人形など、用途がまるで分からないものばかり見せてくるので、金額の事などどうでもよくなってきた。

「ちょっと小腹空きましたね。甘いものってお好きですか？」

「嫌いではないわ」

「じゃあ、広場へ行きましょうか。出店がいっぱいあるので」

「ええ」

広場は相変わらず、人で賑わっていた。昨日より屋台の数が増えているので、曜日によって出店数が変わるのかもしれない。

宝石みたいに色とりどりの飴玉に、こんがり美味しそうな焼き菓子。香ばしい匂いの揚げ菓子と、瑞々しい果物のジュース。

目に映る全てが新鮮で、つい目移りしてしまう。

するとローゼマリー様は、私が気になっていたものを、端から全て買ってしまった。

「大量だけど、どうするの？」

「もちろん、食べます！」

荷物を抱えたローゼマリー様は、当然のように答える。

「ぜ、全部？」

「全部」

自信満々に頷く彼女の細腰を、思わず二度見した。

「何処で食べましょうか」

ぐるりと周囲を見渡すと、噴水の付近は一際混み合っている。

音楽が聞こえるので、吟遊詩人か大道芸人が来ているのだろう。そちらに気を取られていると、ローゼマリー様が軽く肩を叩かれた。

「こっちへ」

示された方へと歩こうとするが、周囲に人が増えていて上手く進めない。人混みに流されそうになって焦る私に、ローゼマリー様は手を差し伸べる。

一瞬、動きを止めた。意図が分からないのではない。ただ、社交以外で人と触れ合う機会なんて滅多に無いから、戸惑ってしまった。

躊躇った私の手を、ローゼマリー様が握る。

柔らかな感触と温かさに、胸が騒いだ。

人混みを抜けた先、噴水を挟んで反対側のベンチまで辿り着くと、ローゼマリー様は荷物を下ろした。

重かっただろうに疲れた素振りも見せない彼女は、とても楽しそうだ。

「どれから食べます？」

包みを広げると、良い香りが漂う。

改めて見ても、とんでもない量だ。

「全部食べたら、流石に太るわね」

「そういうのは全部、明日考えましょう」

呆れつつも、なんだか私も楽しくなってきた。

太陽の色をした飴玉を摘まんで、口の中に放り込む。歯が溶けそうな甘さが咥内に広がった。

甘いものは嫌いではないが、特に好きでもない。砂糖の塊みたいなお菓子は、苦手ですらあった。

でも、不思議と今は悪くないと感じる。

隣で美味しそうに菓子を頬張る人の影響かもしれない。

「美味し……あっ⁉」

気取らずに大きな口を開けていたローゼマリー様の手を、何かが掠める。菓子の欠片がポロリと手から落ちた。

「え、なに……鳥？」

どうやらローゼマリー様の手を掠めたのは、鳩だったらしい。足元にいる丸々太った鳩は、彼女が落とした菓子を美味しそうに啄んでいる。

トウモロコシの種を炒って爆ぜさせたという菓子は、香ばしく良い匂いがしていたので、そのせいだろう。

気が付けばローゼマリー様を取り囲むように、数十羽の鳩が溜まっていた。

「狙われている……」

「っ……」

菓子の袋をきゅっと握り締めて、蒼褪めたローゼマリー様が震える声で呟く。

その深刻な顔が面白過ぎて、私は思わず吹き出しそうになった。どうにか押し殺そうとしても、笑いの衝動が治まらない。

当人は真剣だと分かっているから、尚更可笑しかった。

ローゼマリー様と鳩の戦いが佳境へと差し掛かろうかという、その時。広場に大きな音が響いた。

石造りの鐘塔の天辺から、鐘の音が鳴り響く。

昼の十二時の知らせと共に、鳩は一斉に飛び立った。

晴れ渡る青空と、舞い散る白い羽根。噴水の水しぶきも太陽を弾いて、キラキラと輝く。

あまりにも美しい光景に胸を打たれた。

「……凄かったですね」

「……ええ、凄いわ」

感動を言葉にしようとすると、途端に陳腐になる。

感情に頭が支配されて、語彙が消え失せたかのようだ。あの一瞬を、脳が永遠に焼き付けようとしている。

「こんな光景、初めて見た」

金銀財宝も、白亜の城も比べ物にならない。

生まれて初めて、心が震えた。

「私も初めてですよ。あんなに大量の鳩に囲まれたのは」

「……鳩？」

数秒遅れて、言葉が頭に届く。

繰り返すと、ローゼマリー様は至極真面目な顔で頷いた。

「ええ、鳩」

その表情に、さっきの修羅場が蘇った。

鳩に囲まれて蒼褪めていたローゼマリー様の姿を鮮明に思い出してしまい、笑いの衝動まで戻ってくる。

「っ、ふ、あははっ！」

一旦は呑み込んだけれど、もう駄目だ。

弾けるように笑い出した私に、ローゼマリー様は呆気に取られた様子だった。

だんだんと恥ずかしくなってきたのか、頬が赤らんでいる。

「そこまで笑わなくても……」

「だって、そんな真剣な顔で……ふふ」

拗ねた顔をしたローゼマリー様にジトリと睨まれた。でも優しい彼女はたぶん、謝罪一つで許し

てくれるだろう。

「はぁー……、楽しい」

笑い過ぎて滲んだ涙を拭いながら、ぽつりと呟く。

振り仰いだ空のように、心が晴々としていた。


地平線に夕日が沈む。

宝石のようにキラキラと輝く一日の終わりは、締め括りさえも美しい。その光景に、胸を締め付けられるような寂しさを覚えるのも初めての経験だった。

夢のような時間が終わってしまうのだと密かに落胆したけれど、日が沈んでも、まだ一日は終わらなかった。

晩餐と湯浴みを終えて、後は寝るだけという時間になった頃に、部屋の扉が叩かれる。現れたのは、枕を小脇に抱えたローゼマリー様だった。

「どうしたの？」

「今日はここにお泊まりさせてください」

「お、お泊まり？」

お泊まりも何も、この屋敷は貴方のものでしょうに。

呆気に取られる私の横を通り抜けて、ローゼマリー様は部屋の奥へと進んでいく。寝台へと乗り上げた彼女は枕の位置をずらして、持ってきた枕を隣に並べた。

唖然として見守ってしまっていた私は、そこで漸く我に返る。

「ちょ、ちょっと待って。本気？」

「駄目ですか？」

有無を言わせず行動していたはずなのに、こちらが慌てると、しおらしい態度になるのだから質が悪い。

こんな絶世の美女に仔犬みたいな目で見上げられて、否と撥ね除けられる人間がどれほどいるのだろうか。私は無理だ。

「……いいえ。駄目ではないわ」

了承すると花開くように笑う。

鼻歌を歌いながら枕や布団を配置する姿は、子供のようで微笑ましい。

色んな意味で予想外な方だと思っていたけれど、新たに一つ、発見した。この方は人を振り回す天才だと思う。

呆れながら眺めていると、笑顔で手招きされて溜息を吐き出す。

こうして振り回されても嫌な気持ちにならないのは、たぶん、ローゼマリー様の行動の根底にあるものが優しさだからだろう。

夜に訪ねてきて飲み物を淹れてくれたのも、街へ連れ出してくれたのも、こうしてお泊まりなんて突飛な事を言い出したのも、きっと沈み込んでいた私を励ます為。

「さぁ、ユリア様」

シーツを捲り上げて誘うローゼマリー様に、私は苦笑した。

「仕方のない公爵様ね」

ベッドに乗り上げながら、密やかな声で戯れに詰る。

すると隣の美女はシーツに包まりながら、微笑んだ。

カンテラの薄明かりに、仄かに照らされる姿は昼間とは違う魅力がある。街歩きの時の彼女は太陽の化身のようだったけれど、今はまるで月の女神だ。

同性である私でも胸が騒ぐのだから、改めて規格外な方だと思う。

それから私達は、色んな話をした。

社交以外で同世代の女性と話す経験なんて初めてで、少し緊張したのは内緒だ。共通の話題を探して悩んだのは、ほんの一瞬。

ローゼマリー様は聞き上手な方だと思っていたけれど、話し上手でもあった。

特に旅の話は、聞いているだけで異国の景色が思い浮かぶようだ。

船上の潮風、フランメの乾いた熱さ、森の中の湿って重い空気。

王宮で傅かれ、何不自由なく暮らしていた私では知る事の出来なかった世界を共有してくれた。

世界は私が思うよりもずっと広い。

今日一日で知った宝物のような景色が他にも、まだまだ沢山ある。

夜が更けても話は尽きず、カンテラの油が切れて、灯が消えても終わらない。

夜明け前に鳴く鳥の声を聞いたのが、最後の記憶だ。

翌日は二人揃って盛大に寝過ごして、目覚めたのは昼前。

品行方正な王女としてはあり得ない大失態だけれど、一度くらい、こういう日があってもいいだろう。

そのまた翌日、王都へ出発する私に、ローゼマリー様は沢山のお土産をくださった。

前日に店で買った髪飾りを手渡してくれたローゼマリー様は、別れ際、そっと私を抱き締める。身内にするように抱擁して、『絶対にまた、いらしてね』と言ってくれた。

王都でも歓待を受けたけれど、プレリエでの一日に敵うべくもない。

一流の楽団が奏でる音楽よりも、雑踏の中で聞いた吟遊詩人の歌声と、昼を知らせる鐘の方が私は好きだ。

豪華な食事より甘ったるい飴玉の記憶の方が鮮烈だし、着飾った淑女達との会話よりも、ローゼマリー様の冒険譚(ぼうけんたん)の方がずっと面白い。

たった数日の思い出が、私という存在そのものを塗り替えてしまった。

私にとって良い変化かどうかは分からない。けれどもう、知らなかった頃には戻れない。

ラプター王国へ帰国した翌日、叔父……国王陛下への謁見を申し入れた。

「お帰り、ユリア」

国王就任当初は幽鬼のような顔色だった叔父だが、最近は少し元に戻ってきた。目の下に常時刻まれていた隈も、大分薄くなってきたと思う。

「ネーベル王国はどうだった？　ラプターの王女だからって意地悪されなかったかな？」

　軽口を叩く叔父に、苦笑を返す。

「国賓として丁重に持て成していただきました」

「そう、それは良かった」

　頷いた叔父は、紅茶に手を伸ばす。

　ローゼマリー様がお土産として持たせてくれた茶葉は、とても香りが良い。叔父も気付いたらしく、感嘆するように息を吐いた。

「香り高いだけでなく、上品な渋みとコクがあるね。美味い。何処の国のものだろう？」

「シュネー王国の山岳地帯で栽培している希少なお茶だそうですよ。最近になって、プレリエでも流通し始めたと聞きました」

　ローゼマリー様に教えてもらった知識を披露すると、叔父は目を瞠った。

「……？　あの、何か？」

　繁々と見つめられて戸惑う。

「……いや、なんでもない」

　叔父は頭を振った。それより、と話を切り替える。

「そうか、プレリエね。あそこは世界中のありとあらゆるものが何でも揃っているなんて噂が流れているが、あながち嘘じゃなさそうだな」

「確かに、色んなものがございましたわ」

　流行の最先端から錆びついた年代物、最高級の逸品に用途不明なガラクタ。

新旧入り混じったプレリエの街並みのように、色んなものが混在している。

雑多で、不揃いで、でも不思議と温かい。

あの街は領主である公爵閣下みたいに、色んな魅力がある。

「……楽しかったみたいだね」

数日前の記憶を思い返していた私は、叔父の声に意識を引き戻される。

我に返った私を見て、叔父は苦笑した。

「私は、」

「ああ、勘違いしないで。責めている訳ではない」

狼狽する私の言葉を、叔父は遮る。

「出立する前の君は死にそうな顔をしていたから、寧ろ元気になって良かったよ。……これでも一応、心配していたんだ」

叔父はきまり悪げに、視線を逸らしながら言った。

飄々（ひょうひょう）として掴みどころのない彼らしからぬ表情に、少し驚く。

「叔父様……」

思わず呟くように呼べば、視線が合う。

叔父はカップを置いて、手を組んだ。

「君は頭が良い子だ。誰に言われずとも自分の役目を理解し、行動出来る。でもその賢さが君の人生を狭めているように、僕には見えた」

「！」

「斜陽を迎えた国の王族として、選べる道はそう多くはない。しかし、絶望して全てを諦めてしまうには、君はまだ若過ぎるよ」

僕とは違ってね、と叔父は片目を瞑る。

かつて叔父は、暴君である兄に殺されない為に色んなものを諦めた。

生き延びた現在も、先王の残した負債を肩代わりさせられている。そして、その道を選ばせたのは私だ。

だから私も殉じる責任がある。一人だけ逃げるのは許されない。

そう、思っていたのに。

「ネーベルの王子に惚れたのなら嫁げばいいけど、違うんだろう?」

「今の私では釣り合いませんわ」

王太子殿下は噂通り美しい方だった。

冷たい印象を受けたけれど、ご家族の話をされる時だけ眼差しが和らぐ。その時のお顔は優しくて、ローゼマリー様に少し似ていた。

ヨハン様にはプレリエ滞在中、ローゼマリー様を独り占めしてしまったせいで恨み言を言われた。

自分も滅多に会えないのにと言いつつも、一度も邪魔をしてこなかった彼は、やはり優しい方だと思う。

どちらも素晴らしい方だからこそ、隣には立てない。

プレリエ領を訪ねる前の私は、身勝手な理由で契約結婚を申し込むつもりだったから。

現在、ラプター国王である叔父に妻子はない。

そして女である私に王位継承権はないが、子供にはある。

私を娶って子を産ませ、次期国王の内戚(ないしゃく)になろうと企む貴族は多い。

前時代の栄華を忘れられず、現国王の堅実な政治に不満を抱く愚か者共は、先王の血を引く私と私の子供こそ王座に相応しいと嘯(うそぶ)く。

先王の周りで甘い汁を吸っていた奸臣(かんしん)、佞臣(ねいしん)は粛清されたというのにキリがない。叔父の足を引っ張る人間は、いくらでも湧き出てくる。

全員を処罰するのは現実的ではない。

けれど叔父が結婚して子供が産まれた時に、私に子供がいたら、大それた野心を抱く者が出てくる恐れがある。

だから国を出ようとした。そして、夫になる方には白い結婚を望み、跡継ぎを産む役目は別の女性にお任せしようと考えていた。

王太子殿下を相手に、それを望むのは流石に難しい。

でも合理的に物事を判断されるヨハン様なら、可能性はあると思った。

兄王子の治世の邪魔になり得る存在なら、監視目的で手元に置いておくかもしれない。人質としても一応、価値がある。

一考する余地はあるだろうと。

今考えると、かなり的外れだと分かる。あの方は紳士だ。苦手な相手であっても、女性を道具扱いする事は出来ないだろう。

「なら、急いで結婚しなくていい。僕達が王族である限り、全部好きにしろとは残念ながら言えないけれど……まぁ、どうにでもなるでしょ」

明日の事は明日の僕らに任せよう、と叔父は口角を緩く吊り上げる。

その言葉に勇気を貰った私は、思い切って口を開いた。

「叔父様。許されるなら私は、世界を見たい」

一拍置いて、叔父の目が丸くなる。

意外な言葉を聞いたばかりに、唖然としていた。

「ネーベル王国に行って……いいえ、プレリエ公爵閣下にお会いして、私は己の無知を知りました。自分が如何に狭い世界で生きて、凝り固まった考え方をしていたのか、ようやく気付いたのです」

驚いた様子の叔父だったが、途中で口を挟もうとはしない。

黙って、私の話を聞いてくれた。

「王族として、果たすべき責務から逃げるつもりはございません。ラプター王国の為に、私に出来る事があるのなら謹んでお受け致します。ですがその前に、私が自分自身を見つめ直す時間が欲しいのです」

フランメの赤い大地、大海原を渡る船、高く聳える山々と裾野に広がる森。

自分の目で、見た事のない景色を見に行きたい。世界の広さを知ってから改めて、自分に何が出来るのかを考えたい。

「うん、いいよ」

「……えっ」

さらりと返された言葉に、今度は私が固まる番だ。

一国の王女が自分探しの旅なんて、普通は考える迄もなく却下だろう。

駄目だと言われても簡単に諦めるつもりはなく、交渉材料を用意しようと考えていたのだけれど、まさかの即答だった。

「さっき言ったように、君はまだ若い。大人になるまでの猶予期間くらい、好きな事をするといい」

「私はもうデビュタントは終えたのですが」

「十代のうちはまだ子供だよ。というか、それを言ったら僕は何年ふらふらしていたと思う？」

あははと叔父は声を出して笑ったけれど、倣っていいものか悩む。

「行っておいで、ユリア。僕はここで君の帰りを待っているから」

「！」

まるで父親のような……否、実の父親にすら向けられた事のない、慈愛の籠った目で叔父は私を見た。

柔らかな微笑みに、胸が詰まる。

「……っ、はい」

ぐっと込み上げた涙の衝動をなんとか呑み込み、不格好な笑みを返した。

第二王子の憂鬱。

「はい、確認致しました。本日分はこちらで最後です」

書類に目を通していた補佐官は、顔を上げる。

羽根ペンを置いた私は、窓の外へと視線を移す。太陽の位置は低くなっているものの、まだ夕暮れと呼ぶ時間ではない。

執務を始める前には、今日中が期日の書類が山のように積まれていた。遅くまでかかるかと胸中でげんなりしていたが、想像以上に捗(はかど)ったらしい。

「お食事まで時間がございますので、お茶の用意をさせましょうか」

「いや、いい」

夕食は簡単に済まそうと考えていたのに、まさか休憩を挟む余裕すら出来るとは。

我ながら分かりやすい事だと、自嘲とも羞恥とも取れる感情が湧き上がった。

私の仕事の進捗には、昼前ぐらいに届いた手紙が大きく関わっている。

執務机の隅。常に視界に入る位置に置いた手紙に手を伸ばすと、補佐官は笑顔になる。微笑ましいものを見るような視線に、ばつが悪くなった。

「では、各部署に書類を届けて参ります」

賢明な補佐官は余計な事は何も言わなかったが、眼差しが『ですから、ごゆっくりどうぞ』と語っていた。

二十歳（はたち）を超えて子供扱いされるのには抵抗がある。しかし、最愛の妹から届いた手紙に浮かれていた自覚はあるので、何も言えない。

気恥ずかしさを誤魔化すように、咳払いを一つ。

改めて開いた手紙は、女性らしい綺麗な文字が並ぶ。『親愛なるクリストフ兄様へ』という書き出しで始まった文章を、ゆっくりと目で追った。

普段の手紙は、ローゼや周囲の近況、それから領地の様子が殆どを占める。だが今回は、そこに嬉しい報告が付け加えられていた。

なんと近々、ローゼが王都に来るらしい。

直接会えるのは結婚式以来だから、一年以上ぶりだ。

領地運営に尽力していたローゼは自領から出られず、王太子である私も、簡単には王都を離れられない。

仕方のない事だと分かっていても、やはり寂しかった。

ヨハンがお忍びで会いに行ったと聞いた時は、可愛い弟相手でも少しばかり妬ましく思ったりもしたが……。

私も会えると決まった今では、寛容な気持ちで全てを受け入れられる。

鼻歌でも歌いそうな気分で、手紙を読み返す。

すると何処からか、視線を感じた。

「……⁉」

顔を上げた私は目を見開く。

誰もいないと思っていた室内に、いつの間にか人がいた。

戸口に背を預けたその人物は、呆れを隠しもしない視線を私に向けている。

「その締まりの無い顔を止めろ。『完全無欠の王太子』の名が泣くぞ」

尊大に言い捨てられ、言い返したいのに言葉に詰まる。

『完全無欠な王太子』なんて恥ずかしい名で呼ばれたくないとか、いつの間に入ってきたんだとか、文句は山ほどある。

だが、締まりの無い顔をしていた自覚もあるので、反論し辛い。

「……陛下、入室前に一声掛けていただけませんか」

悩んだ末、代わりに出てきたのは小声での苦情。情けないとは、誰に言われずとも自分が一番そう感じていた。

しかも相対する人物……国王から、溜息交じりに「掛けた」と言われてはぐうの音も出ない。

「返事が無かったのでな、勝手に入らせてもらった」

集中しているところを邪魔したな、と淡々と続けられて口を引き結ぶ。

口角を一切上げない無表情のまま、嘲笑(わら)われた。こんな屈辱を味わうくらいなら、正面切って叱責された方がマシだ。

「ご用件は？」

苛立ちを抑え付けて、端的に問う。

どうせ口論しても負けるのだから、無意味な時間を費やしたくない。

さっさと追い返すのが得策だ。

「これだ」

国王は手に持っていたものを、執務机の上に放る。

少々、無造作とも言える手付きで置かれたのは分厚い本……ではないな。見慣れてしまったソレの正体は絵だ。

見ずとも分かるが、全て、若く美しい令嬢が描かれている。

将来の伴侶を選ぶ為のもの、つまり見合い用だ。

うんざりした気分に合わせて、顔が勝手に歪む。

自分が結婚適齢期であるのは理解しているが、ここ最近は頓に酷い。社交の場に顔を出す度に囲まれ、ギラギラした目で結婚の話題ばかり振られては辟易する。

確かに、王太子となったからには、婚姻は義務だ。

周りを取り囲む令嬢方にも各々の事情があり、自らの欲でなく、家や領地の為に動いている女性もいるだろう。

分かっていても、まるで自分が種馬にでもなったかのような気分になる。

「手ずからお持ちくださらなくとも、届けさせれば宜しかったのでは」

「部屋の隅で埃を被っているものを見て、もう一度言ってみろ」

「…………」

無言で、すいと視線を外した。

有能な使用人らのお蔭で埃は被っていないものの、一度も見ないまま放置している絵の山がある。

補佐官や他の側近には、たまに遠回しに苦言を呈された。けれど私が多忙であるのもあり、食い下がられはしない。

そろそろ呼び出されるかもしれないとは思っていたが、まさか自ら乗り込んでくるとは予想出来無かった。

「お前達は本気で結婚する気があるのか？」

「必要に迫られれば、いつなりとも」

国の為の政略結婚だと言われれば、どんな相手であっても結婚する覚悟はある。そして結婚したからには、妻を幸せにする努力は欠かさない。

けれど、好きにしろと言われたら逆に困る。

派閥や情勢を鑑みて、最適な相手を……という風にしか考えられない。だが、それは本当に正しいのか。

愛する夫の隣で幸せそうに笑う妹の顔を思い浮かべると、考えが揺らぐ。

「締まりの無い顔で妹からの手紙を読んでいる限り、その日は遠そうだ」

「……放っておいてください」

「アレが男だったのなら、後継者問題は簡単に片付いただろうな」

国王は眉間に皺を寄せて呟く。

アレとは、ローゼの事だろう。

「ラプターの王女も、お前達には欠片も興味を示さず、アレの話ばかりだった」

先日、ラプターの王女殿下が我が国を訪問した。

美しいが油断ならない毒花のような女性だという噂を耳にしていたが、直接会った彼女は穏やかな方だった。

聡明な女性のようで会話の端々から知性を感じたが、作為は無かったように思う。

特にローゼの話題を振ると、年相応な少女のように表情を緩めた。いつの間にか妹は、元敵国の王女とすら仲良くなっていたらしい。

あの子の社交性や人望には、驚かされる。

確かにローゼが王子だったのなら、地位や権力など関係無く、嫁ぎたいと願う女性が列を成しただろう。

それに私も、ローゼが王太子となるなら席を譲る。

ヨハンと二人、喜んで補佐に回ろう。

「ありもしない未来を夢想する暇があるなら、釣書に目を通せ」

想像を膨らませているうちに顔が緩んでいたのか、小言が飛んでくる。

煩わしさを隠しもせずに顔を顰めると、眇めた目で睨まれた。

暫しの睨み合いの後、国王は嘆息する。

「結婚相手を選べる権利を、不要なもののように扱うな。命を懸けてそれを欲した人間がいる事を忘れるなよ」

「！」

思わず息を呑む。

胸を刺し貫かれたような衝撃を受けた。

そうだ。

妹は、ローゼは、許されなかった。想う相手がいるのに、隣国との同盟強化の為、政略結婚を強いられそうになっていた。

愛する人の手を取る為に、あの子が何度、危険に飛び込んでいったか。レオンハルトと結ばれるまで、どれ程の困難を乗り越えてきたか。

愛する妹の努力を、間接的であっても、私が軽んじていいはずがないのに。

「……申し訳ございません」

悔いる気持ちを吐き出し、首を垂れる。

顔を上げた先、国王は相変わらずの無表情で、何を考えているのかまるで分からない。

しかし国王もまた、結婚相手を選べなかったはずだ。私の産みの母親も、おそらく義母上（ははうえ）も政略の為の婚姻であっただろう。

平和な時代だからこそ許される自由を、当たり前だと享受してはならない。

「理解したのなら、目を通しておけ」

「かしこまりました」

私は父が好きではない。

だが、国王としては尊敬している。現在のネーベル王国の発展は、この人無くしてはあり得ないのだから。

きっと学ぶべきところも多い。

苦手だと子供のように避けて通るのではなく、話を聞いてみるのも良いかもしれない。

用件は済んだとばかりに出ていこうとする背を見送る。

しかし国王は、ぴたりと足を止めた。

「今度、お前の絵も新たに描かせるか」

「私の、ですか？　確かに前に描いたのは二年前ですが、あまり変わってはいませんが」

見合い用の絵と実物がかけ離れていては不味いが、私の成長期は既に終わっている。

二年前も今も、さして変わりはないはずだ。

「いや。不愛想で面白みのない顔よりも、さっきの締まりない顔の方が令嬢方も安心するかと思ってな」

「！」

またしても無表情で嘲笑された。

唖然とした後、怒りが込み上げてくる。ぐっと拳を握り締めて、笑顔を浮かべた。

「必要ありませんね」

「そうか」

なぜ、欠片も表情を変えていないのに、馬鹿にされているのは伝わるのだろう。

去っていく背中を蹴り飛ばしたい気持ちを抑えて、溜息を吐き出した。

やはり、嫌いだ。

転生公爵の企み。

天井を仰ぎ見ると、鉄の梁の向こう側に雲一つない蒼空が広がる。

屋根に阻まれない日差しが、燦々と降り注いで目に眩しい。

手で簡易的な日除けを作りながら、ぐるりと辺りを見回してみる。

天井だけでなく四方にも惜しみなくガラスを使った為、日当たりの悪い場所は今のところ無さそうだ。

屋内の温度は順調に温まっており、初夏を通り越して夏の陽気に近い。薄く汗が滲んだ首筋を、換気窓から吹き込んだ微風がさらりと撫でた。風通しも良好。

「うん、良い感じ」

「まぁた、とんでもないもの作ったわねぇ」

満足気に頷いた私に、背後から声が掛かる。

振り返ると、呆れと感嘆が混ざったような顔をしたヴォルフさんがいた。その少し後ろに立つ人達もまた、同じような顔をしている。

「王城の温室の大きさに匹敵しません？　コレ」

天井を見上げながら呟いたのはテオだ。

「大きさだけはね」

彼とルッツと私の三人にとって馴染み深い場所である王城の温室ほど、豪華ではない。あちらはドーム型の天井や蓮の浮かぶ池、水路の配置など、観賞用としても優れている。

対するこちらは一切の無駄を省いて、温室としての機能だけ追求した無骨さ。

でもそれでいい。希少な薬草を育てる予定なので、一般に開放する予定はそもそも無いし。

「この温かさなら、南国の植物も育てられますね」

ミハイルは、きょろきょろと物珍しそうに周囲を見回しながら目を輝かせる。

いつも控え目な彼にしては意外なほど、声がはしゃいでいた。地属性の魔導師らしく、植物が好きなんだろう。

「ええ。根付くようになるまで、貴方の手を借りる事になると思うけど」

「任せてください」

なんて頼もしい言葉。

植物の生育を助ける力を持つミハイルがいれば百人力だ。

「こんなにも素晴らしい施設があるなら、何でも出来そうです」

文字通り、何でもしてしまいそうな勢いのミハイルに、頼もしさと同時に一抹の不安が過った。

これまでの付き合いの中で、ミハイルがとても真面目で勤勉な人だと理解している。

誰も見ていないところでもコツコツ仕事を進める彼は、控え目な性格も相まって、前世の日本人の気質に近い気がした。

地味な単純作業も楽しそうに熟すし、手が空くと寧ろ不安そうにしている。

社畜の素質、あり過ぎるんだよなぁ……。

「頼もしいわ。でも無理は禁物よ」

水を差すのも躊躇われるが、つい小言を付け加えてしまう。

するとミハイルはハッと我に返り、恥ずかしそうに頬を染めた。

「……気を付けます」

「ミハイルはルッツと違って真面目だからな。オレが見張って、適当に息抜きさせますよ」

テオは快活に笑って、ミハイルの肩を叩く。

面倒見が良いテオがついていれば安心だ。誰とでも仲良くなれるコミュ強だし、大雑把に見えて人一倍、気配り上手。

人見知りなミハイルとも徐々に距離を縮め、今では信頼を勝ち取っている。気難しい人揃いのクーア族にも気に入られているんだから凄い。

改めて思うけれど、プレリエ領って人材に恵まれ過ぎでは？

「マリー。アンタが規格外なのは知ってたけど、これはぶっ飛び過ぎ」

「ここは気に入りませんか？」

ガリガリと頭を掻くヴォルフさんを見上げる。

すると彼は思いっきり顔を歪めた後、「バカ」と言った。

「逆！　最っ高よ！」

「良かった」

「薬師が薬の材料を育てられる最高の環境与えられて、喜ばない訳ある？」

キレ気味だけれど、どうやら喜んでいるらしいと分かり、安堵の息を零す。

地属性の魔導師と、薬作りのスペシャリストであるクーア族。両方が揃っているからこそ、ここまで大きな温室を建てる決意が固まったのだから。

「私としては物凄く嬉しいわ。でも、大丈夫なの？」

高かったでしょう、これ。

ヴォルフさんが視線で問うのに、私は重々しく頷いた。

ユリウス様の伝手で工房を紹介してもらえたとはいえ、ガラスはまだまだ高価。しかも温室自体が珍しい為、設計や建築が可能な職人も数が限られていた。

珍しい材質×特殊な技術なら、お値段も跳ね上がるのは当然。

医療施設をどんどん建てたお財布に、更なる打撃を与える。王女時代にも個人の買い物は殆どしなかった私にとっては、震えるのを通り越して失神する金額だ。

けれど、敢えて言おう。

これは必要経費である、と。

「お金はこれから稼げばいいんです」

「大きく出たわね」

「まぁ、確かに今なら市場で何でも売れそうではありますが」

「『何でも』では駄目なのよ」

テオの言葉に、頭を振る。

プレリエ領はかつてない好景気に沸いている。

世界各地から人もものも集まっているので、やり方次第では大金が稼げるだろう。

とはいえ、単純に農地を潰して市場を広げる方法は却下だ。

商人を呼び込む為に、農民から職を奪うのは悪手。当座の金だけ渡して、領民の未来を摘むような真似はしたくない。

それと、医療施設という付加価値のついた今のプレリエのブランド力だけに頼って、安く仕入れて高く売るという手も同じく却下。

客だって馬鹿じゃないんだから、価値以下のものを売り付けられたら気付く。好景気という夢から覚めた後、プレリエ領に残るのは悪評だけになってしまう。

ならば私は、良いものを高く売ろう。

質の良い商品の価値を上げて、より高く。

東の島国オステンとの取引は続いており、食品以外にも珍しいものが入ってきている。

他国からの輸入品も、王都でも見ないような珍しい品があった。流石に全てが一級品とは言えず、玉石混交だが、掘り出し物も見つけた。

装飾品の加工については、幸いにも現在、プレリエ領には医者と商人だけでなく、ありとあらゆる職人が成功を夢見て集っている。

若い原石、拾いたい放題。

世界各地から集まる原料と高い技術力なら、良いものが出来る……否、出来たと確信している。

「また面白そうな事、企んでるのね」

ヴォルフさんは目を細め、口角を吊り上げる。

「もしかして近々、王都に行く目的はソレ？」

「ええ、まぁ。それもあります」

そろそろ、社交の季節が始まる。

去年は医療施設設計画が本格的に始まったばかりで、しかも領主一年目。

各国からの視察申し入れも後を絶たない為、社交シーズンは無視してプレリエ領に引き籠っていても許された。

でも今年はそうもいかない。

高位貴族の義務だし、領地を発展させる為にもコネは大事。元王族で初の女公爵という目立つ肩書きを活用して、人脈を広げる事が目標。

ついでに広告塔の役割も果たしてこよう。

社交は苦手だと逃げ続けてきたけれど、どうせやらなきゃいけないいなら、一石二鳥は狙いたい。

「頑張ってきます」

ぐっと握り拳を作って宣言した。

転生公爵の敗北。

立ち上る湯気と共に、酸味の強い香りが漂う。

磨き抜かれた銀のスプーンを手に取り、紅茶を軽く混ぜた。

白磁のティーカップの中、ぷかりと浮かぶのは輪切りのレモン。昔は見かけた事が無かったが、他国から流れてきて、ここ数年で根付いた文化だ。

ストレートとミルクティーに飽きた御婦人方に、すっきりとした味わいが人気らしい。

以前、ネーベル王国にレモンティーは無いんだなと思った事があったけれど、まさか後から流行(はや)るとは。

レモンそのものはあったので、やろうと思えば出来ない事も無かった。しなかったのは、単純に好きではなかったからだ。

レモンも紅茶も好きなのに、合わさると何故か苦手だった。

味が嫌だったのか、匂いが駄目だったのか、今となっては分からない。何せ、克服してしまっているから。

少し前からプレリエ領でも流行り始めた為、他所のお宅や店でも出される機会が増えた。苦手だからと気遣いを無視する事も出来ず、無理やり飲んでいたら慣れたらしい。

最近は寧ろ、美味しく感じるくらい。

スプーンでレモンを取り、ソーサーの上に避(よ)ける。

ハンドルに指を掛けて持ち上げて一口含むと、濃い香りが鼻を抜けた。

やはり、美味しい。

年を取ると味覚が変化すると聞くけれど、こうもガラッと変わるとは思わなかった。

自身の小さな成長を喜んでいると、紙を捲る小さな音がした。

目の前にいる人をちらりと盗み見てから、ふ、と息を零す。

成長と言えば、もう一つ。

幼い頃は、この部屋に入るだけで胃が痛んだものだ。ゆっくり紅茶を味わうような心の余裕を持てるようになるとは。

いや、余裕があるとは少し違うな。

強く、いや、逞しくなった……？

「随分と図太くなったものだ」

私の心の声を読み取ったかのような声が掛かった。

顔を上げると、薄青の瞳とかち合う。年を重ねても、凄味のある美貌に一切の陰りは無い。相変わらずの年齢不詳な外見にも拘らず、迫力だけは増すのだから厄介だ。

「お陰様で」

にこりと笑って返すと、面白くなさそうに鼻を鳴らし、再び書類に視線を落とした。

私が図太くなった原因の一端は、目の前の人……父様にある。

いたいけな子供相手に、何度も何度も無理難題を押し付けて。崖から這い上がってきたところを、また突き落とすんだから質が悪い。獅子だってもうちょっと優しいと思う。

ただ、悔しいけれど感謝もしている。

父様に放置されて、大人しく淑女教育だけ受けていたら領主なんて出来なかっただろう。完全なお飾りで、執務はレオンハルト様に投げっぱなしだったはず。

そもそも私が普通の王女として生きていたら、レオンハルト様と結婚する事もなく、公爵位を賜る事も無かっただろうけど、それはそれとして。

今が最高に幸せだから、細かい事は気にしない。

「お前一人で纏めたのか」

顔を上げた父様は、「これを」と書類を手の甲で叩きながら問う。私が提出したのは『奨学金制度』についての草案だ。

「まさか」

即座に否定した。

私が提案したのは、ザックリした枠組みだけ。

前世の記憶でぼんやりした知識はあっても、細かい部分など覚えていない。しかも、こちらの世界に適したものに変える必要がある。

細かい条件や仕組みを共に考え、穴を塞いで形を整えてくれたのは、旦那様を筆頭にした頼もしい仲間達だ。

「我が領には有能な人材が揃っておりますので」

「だろうな」

父様の眉間に皺が寄った。

「対象は平民に絞らなくていいのか」

「はい」

金銭的な理由で就学を諦めるのは、何も平民に限った話ではない。

裕福な平民がいるように、困窮している貴族もいるのが実情だ。

それに、女性の多くは勉強の機会を与えられない。他国に比べてネーベルは女性の社会進出が進んでいるとはいえ、まだまだ男尊女卑の風潮は強い。

平民でも貴族でも、男でも女でも関係ない。

能力も志もあるのに、金銭的な理由で埋もれてしまう才能を、拾い上げて開花させる事が目標なのだから。

「いいだろう」

「！」

「だが、利子の有り無しの判断基準がまだ甘い。そこを詰めて、もう一度持ってこい」

「かしこまりました」

微笑む私の心の中もニッコニコだ。

父様相手に一度で通らないのは分かり切っているし、寧ろ思ったより好感触だった。

「本当に図太くなったな。何処かで可愛げを拾ってきたらどうだ」

「まぁ。面白い御冗談ですこと」

父様の前で可愛げが何の役に立つというのか。

純真無垢でいたいけな子供だった私を、欠片の容赦もなく谷底に突き落としたくせに。

「私が強くなったのは父様のお蔭ですので、感謝しております」

突き返された書類をトントンと揃えていると、父様は呆れたような顔をした。

『図太い』と『強い』は違う、と視線が言っている気がするけれど知った事ではない。

あ、そうだ。

感謝で思い出した。もう一つ、大事な用があったんだった。

「そういえば、父様にお渡ししたいものがございました」

「……渡したいもの？」

胡散臭いものを見るような視線をスルーして控えていた侍女を呼ぶ。

受け取った青いベルベットのケースを、父様の前に置いた。

「私からの贈り物です」

「お前が、私に？」

父様は珍しく驚いている様子で、長い睫毛がゆっくりと瞬く。

箱を手に取って開く動作も、やけに遅くて丁寧に見えた。

「はい。是非、広告塔……ではなく、お父様に着けていただきたくて」

正直な心の声が洩れかけたのを、どうにか軌道修正する。

断られやしないかと内心ビクビクしながら、領地にいる職人の話や、オステン王国の装飾品の技術について喋っても、いまいち反応が鈍い。

いや、鈍いどころか無反応だ。

無表情はいつもの事だとして、小馬鹿にしたような顔でも、退屈そうな顔でもない。何にも分類できない表情には、子供みたいな無防備さがあった。

何とも言えない沈黙が続いたのは、おそらくほんの数秒。

しかし私には、やけに長く感じた。

贈り物に視線を落としたまま、父様は細く息を吐き出す。

「……国王に宣伝させようとは、良い度胸だ」

目的はまるっとバレていたらしい。

「たまには、その素晴らしいお顔を役立ててくださってても宜しいのでは？」

「お前からの贈り物だと喜んでいた王妃や王子達が聞いたら泣くな」

開き直って言ったら即座に返されて、言葉に詰まる。

母様と兄様とヨハンには、王都に来てすぐに渡した。とんでもなく喜ばれて、罪悪感に苛まれたのは記憶に新しい。

宣伝に一役買ってほしいのも事実だけど、感謝の気持ちがあるのも本当なのに。

「……お嫌でしたら、持ち帰ります」

我ながら、拗ねた子供みたいな声だと思った。

返せと掌を向けると、父様は箱を遠ざける。

「嫌とは言ってない」

じとりとした目で睨むと、父様はふっと表情を緩める。

笑っているかと錯覚するような柔らかな顔が珍しくて、私は目を丸くした。

「娘からの贈り物を嫌がる親など、いるものか」

「っ⁉」

カッと顔が熱くなる。

真っ赤になるのが自分でも分かって慌てて隠す。

けれど父様はどこ吹く風だ。

「有難く貰っておこう」

ベルベットの箱を閉じた父様は、いつものふてぶてしい顔に戻っていた。

「……狡い……っ」

謎の敗北感に、つい呟く。

何か言ったかと問う視線に、ふいっとソッポを向いたのは小さな抵抗。けれど自分の子供っぽさを再確認して、敗北感が増すだけだった。

やっぱり父様は苦手だ。

転生公爵の相談。

父様との面談を終え、部屋を出る。

無意識のまま、深く息を吐き出す。目的を果たした安堵と共に、調子を崩された事による疲労感も覚えていた。

「ローゼマリー様」

廊下で待たせていたクラウスは、疲れた様子の私を見て顔を曇らせる。

「大丈夫よ」

言葉無く体調を心配してくれる眼差しに、苦笑を返した。

「一度、お屋敷に戻られますか？」

「本当に大丈夫よ。せっかく城まで来たのだから、用事を済ませてしまいましょう」

私は慌てて、背筋を正す。咳一つしただけでも、このまま馬車に詰め込まれて帰宅させられてしまいそうだ。

プレリエ領は旦那様を筆頭に、過保護な人が多い。普段も頼りない私を見かねてか、皆が何くれと無く世話を焼いてくれる。有難いけれど、駄目な人間になりそうで怖い。

「ですが、お顔の色が」

「お話し中、失礼致します」

食い下がるクラウスの言葉を遮ったのは、父様の部屋の前に控えていた近衛騎士だった。顔は見覚えがあるけれど、名前が出てこない。

確か、クラウスの友人だったような……。

クラウスと同年代の近衛騎士は、恭しい仕草で首を垂れる。

「差し出がましい事とは存じますが、提案させていただきます。近くの部屋を用意させますので、少しご休憩されてては如何でしょう？」

「デニス。魔導師長殿か、お弟子の方をこちらにお呼びする事は可能か？」

私ではなく、何故かクラウスが話を進める。

確かに私の用は希少な薬草に関する事だったので、イリーネ様かルッツが適任だ。とはいえ、呼びつけるつもりは無かったのだけれど。

相談する側の人間が足を運ぶ、それが道理だろう。そこまで考えて、はたと我に返る。

そもそも、私自身は別に体調が悪いと感じていないのだった。

「あの……」

声を掛けたつもりだが、小さ過ぎて届かなかったらしい。

「魔導師塔に伝言を頼む。あとは、お茶の準備を」

デニスと呼ばれた近衛騎士は、近くにいた若い騎士に指示を飛ばす。私がもじもじしている間にも、彼等は即座に行動に移してしまった。

今更、気遣いを無駄にするのも申し訳ない。

少し疲れているのも確かだし、素直に甘える事にしよう。

イリーネ様とルッツには改めてお詫びしようと考えながら、案内に従う。

でも、それとなく『具合は悪くない』という主張はしておいた。巡り巡って心配性な母様達の耳にでも入ったら大変だ。

やっぱり城に住む方がいいだろうと押し切られかねない。

殆どの貴族は領地のカントリーハウスとは別に、王都にタウンハウスを持っている。

例に漏れず我がプレリエ公爵家も一等地に一軒、所有している。ちなみに結婚祝いとして両親が贈ってくれたものだ。

社交シーズン中は、そちらに滞在するつもりで使用人に整えてもらっていた。

ところが王都に向かうと決まった途端、母様とヨハンが揃って『城に滞在すればいい』とか言い出した。

王城は広いし、空いている部屋も沢山ある。以前、使っていた私の私室はそのままになっているし、それが嫌なら離宮でもいいと。

いやいやいやいや。貴方が贈ってくれた家ですよ？　あと、私だけならともかく、レオンハルト様も一緒だからね？

一日二日ならともかく、一か月以上。最長なら三か月になる可能性もあるのに、嫁の実家に滞在させるとか可哀想でしょうが。

それに私はもう王族ではない。我が物顔で城に入り浸っているのは、世間体を考えると望ましくないだろう。

こまめに会いに来るという条件を提示して、どうにかタウンハウスをシーズン中の本拠地にする事が許された。

それなのに今、大ごとにされたら、元の木阿弥になりかねない。

大人しく休んでサッと帰ろう。そう決めた私が待っていると、ほどなくしてルッツがやってきた。

「姫！」

急ぎで駆け付けてくれたのか、肩で息をしている。

いったい、どんな説明を受けたのか。

「呼びつけてごめんなさい」

立ち上がろうとすると、手で制された。

「そんなのはいいよ。それより体調は……」

「悪くないのよ。少し疲れただけなの」

何か、方々に心配と迷惑を掛けている気がする。

体調不良とは別の意味の頭痛を感じながら、先回りをして告げた。

「色々とやる事があって落ち着かなかったから、ちょっと疲れが溜まったみたい。でも別に具合は悪くないのよ。気分は寧ろ、良いくらいだし」

「本当に？」

「ええ。この通り」

疑り深いルッツに、手振りで元気な事をアピールする。

「それなら良かった」

どうにか納得してもらえたのか、彼は安堵の息を吐いた。長い前髪の奥、透明度の高い宝石のような青い瞳が優しく細められる。

少女のようだった美貌は、年を重ねて青年のものへと変化した。相変わらず、『絶世の』という枕詞は健在だろうが、今の彼を見て性別を間違える人は少ないだろう。

身長が伸びた事で仕立て直したローブの胸元には、魔法石を使ったブローチが輝く。つい先日、魔導師長補佐、という役職を与えられたのだと聞いた。

テオやミハイルは感心していたけれど、当の本人は大して嬉しそうでは無かった。

「ルッツも元気そうで良かった。イリーネ様はお元気？」

「元気も元気。オレより体力あるし、魔力も一切衰えてない。師匠はたぶん、不老の薬を飲んでいると思う」

私が座るソファの向かいに腰掛けたルッツは、悪びれずに言う。

「怒られるわよ」

「平気。今は来客の対応をしているから」

「あら、残念だわ」

アポを取ってから来るべきだったなと反省した。

「師匠も会いたがると思うから、また改めて来て」

「そのつもりよ。用事も今日だけでは終わらないと思うし」

「ああ、薬草の件だっけ？」

希少な薬草を育てるにあたり、文献を取り寄せた。

しかし方言的なものが交ざっているのか、古いのか。それとも両方か。言い回しが独特で理解出来ない部分がある。

イリーネ様は古代魔法の研究をしている為、語学の造詣が深い。

テオも魔法の研究に携わっていたけれど、イリーネ様やルッツには敵わないから、そちらを頼った方がいいと助言を受けた。

本を渡すと、ルッツは途端に凛々しい顔付きになった。

真剣な顔でページを捲った彼は、暫くして顔を上げる。

「師匠を頼った方がいいね。オレも読めるけれど、テオと同じく自信が無い」

「じゃあ、改めて依頼をする為に来るわ」

「伝言するよ。このまま預かって、オレが渡すし」

「駄目」

親しき中にも礼儀あり。そこはハッキリさせておきたい。

仲がいいからって知識を無償で提供させる気もないし、必要な手間を省きたくもない。

「師匠、この手の文献大好きだから、喜んでやると思うけどなぁ」

「駄目よ」

ルッツの手から本を取り戻すと、彼は目を丸くしてから嬉しげに顔を綻ばせる。

「じゃあ、待っているね」

また来る時の話をしているのだろう。

くしゃりと笑う顔は昔のままで、ちょっと安心した。

転生公爵の衝動。

ルッツとのお喋りを楽しみながら、ゆっくり休憩を取ったお蔭か、顔色は随分良くなった……らしい。

そもそも、私自身は体調不良を感じていなかったので、変化した自覚も無かった。

屋敷に戻る前に、表通りに新しく出来た店に寄って、王都の流行を押さえておこうかと思ったけれど、止めた。

疲れが出ているのも確かだし、あまり皆を心配させるのは本意ではない。

最近になって出来た人気の菓子店は少し、……否、かなり惜しいけれど。

誘惑を振り切って、馬車を待たせている場所へと向かった。

「……えっ？」

「ローゼ」

黒いボディに金の縁取り、ドアの部分に公爵家のエンブレムが輝く馬車の傍。毛並みの良い二頭の栗毛馬と並んで立っているのは、私の旦那様だった。

軽く手を上げて微笑む姿は麗しく、眼福の一言だが、今日は一日、屋敷で仕事をしているとばかり思っていたのに。

「お帰りなさい」

「ただいま」

差し伸べてくれた手に手を重ねる。

「レオンはどうしてここに？　騎士団に呼ばれたんですか？」

近衛騎士団長を引退した今でも、黒獅子将軍の影響力は強い。憧れの人としてレオンハルト様の名を挙げる若い騎士の数は未だ多いし、実力だって、現役の頃と比べても遜色ない。

手合わせや指導を望む人間は、山のようにいるだろう。

レオンハルト様が王都に来ている事を知った現近衛騎士団長が、この機会を逃すまいと呼び出したのかと思った。

しかしレオンハルト様は首を横に振る。

「いえ、そうではありません」

苦笑したレオンハルト様は、少し歯切れが悪い。

でもよく考えてみたら、今日の彼は剣術を披露するような服装では無かった。

黒のフロックコートとトラウザーズに、グレーのジレ。暗い色味に青のアスコットタイが爽やかな印象を加える。

体の線に沿うシルエットは、レオンハルト様のスタイルの良さを存分に引き出しているが、体を動かすのには向いていないデザインだ。

では、別の用事があったんだろうか。

言い辛そうな様子を見て、不安が過る。

「……父様に呼び出されたのではないですよね？」

恐る恐る訊ねる。

父様は娘婿を虐げるような人ではないと思う。

優しさや誠実さに期待しているとかではなく、単に合理主義の塊みたいな人だからだ。あの父様に、そんな人間らしい機能は搭載されていない。

でも念の為、確認をしてみると、レオンハルト様はきょとんと目を丸くした。

「まさか」

「そうですよね」

良かった。全く想定していなかった嫁姑問題ならぬ婿舅問題が発生したら、どうしようかと焦ってしまった。

でも、ならどんな用事が?

もしかして、クラウスが呼んだのかな。

私の体調が悪いからと連絡をして、過保護なレオンハルト様が駆け付けてくれたとか?

でも、微妙に嫌そうな顔でついてきているクラウスを見る限り、違う気がする。本当に、何だろ?

丁寧なエスコートに従い、ゆっくりと階段を下りる。

馬車に乗ろうと身を屈めた時、レオンハルト様は私の耳元に唇を寄せた。

「寂しかったので」

目を見開き、思わず動きを止める。穴が空くほど凝視すると、レオンハルト様は恥ずかしそうに眉を下げた。

「新規事業の件で街まで出る用事があって、ついでに貴方が気にしていた菓子屋に寄ってきたんです。王城の近くまで来たので様子を見ていたら、丁度、公爵家の馬車が停まったので……待ち伏せしてしまいました」

いつも通りの落ち着いた声。でも、少し早口だ。

自分らしくない行動だと思っているんだろう。平静を装っていても、耳の端が少し赤い。

いくら帰宅の為に馬車を回させたとはいえ、時間が押す可能性だってあったのに。

自分が乗ってきた馬車を帰して、健気に待っていたと。家に帰ったら、また会えるのに。なんなら朝も一緒だったのに。

はぁー…………、可愛過ぎでは⁉

顔を覆って絶叫したい気持ちを、どうにか堪えた。

可愛い。可愛過ぎて意味が分からない。謎の攻撃的衝動が湧き上がったのを感じ、『なるほど、これがキュートアグレッション』と一人で納得した。

正面の席に座ったレオンハルト様は、私の反応が無いのが気に掛かるのか、ちょっと落ち着きが無い。視線があちこちと彷徨っている。

「……ローゼ？」

窺うような声を聞いて、もう駄目だと思った。

扉が閉まり、馬車が走り出したのを合図にして、長い溜息を吐き出した。

「レオン」

「……はい」

「抱き締めても？」

「は？」

真顔の私に身構えていたレオンハルト様は、虚を衝かれた様子だった。

聞き返されても、私は表情を崩さない。眉間に皺を寄せた難しげな顔付きのまま、言葉を繰り返した。

「抱き締めても宜しい？」

「………………？」

レオンハルト様は戸惑いながらも、小さく頷く。

許しを得て腕を大きく広げると、意味が分からないと言わんばかりの顔をした彼は、それでも隣に移動してきてくれた。

首に腕を回し、屈んだレオンハルト様の頭を抱え込む。

ぎゅうぎゅうと遠慮なく抱き締めると、彼の肩がびくりと跳ねた。

「レオンが可愛過ぎて、心臓が潰れそうです」

「！」

「本当に、意味が分からないくらいかわいい。すき」

「……複雑です」

可愛いはお気に召さなかったらしい。

ジトリとした目で、軽く睨まれる。不満げな顔をしているけれど、頬が赤いので怖くはなかった。

「三十路を疾うに越した男に、可愛いはないでしょう。可愛いは」

あらあらあら。またそんな可愛いお顔で、可愛い事を仰って。

分かっていてやっているとしか思えないけれど、こういう時のレオンハルト様は計算ではない。

恥ずかしさで体温、上がっているしね。

いいもの見たわと、心の中で拝んでおく。

大人の男性の照れ顔でしか、摂取出来ない栄養がある。

「あら。女の『可愛い』は、『愛しい』という意味もあるんですよ？」

「……貴方は本当に、オレを翻弄する天才だな」

ぐっと言葉に詰まった後、レオンハルト様は表情を緩める。

少し悔しそうな、でも何処か嬉しそうでもある複雑な表情で呟いた言葉は、遠い昔に聞いたものと似ていた。

小さな女の子だった頃の私が今の関係を見たら、どう思うだろう。

喜ぶだろうか。それとも信じられないと驚くだろうか。レオンハルト様になんて事をするんだと、怒られそうな気もする。

「怒らないで」

頭に頬を摺り寄せて、つむじに口付ける。

許しを請う以前に欠片も怒っていないらしいレオンハルト様は、擽ったそうに喉を鳴らして笑った。

「今日の残りの時間を全部、オレに下さるのなら」

お返しというように彼は、私の頬に軽く口付ける。

「ケーキが先に家に届いているはずなので、帰ったら庭でお茶にしましょう。貴方の好きなタルトがありますよ」

「よろこんで！」

帰ったら取り組もうと思っていた仕事の予定を、遥か彼方に放り投げる。

私もレオンハルト様も、前倒しで仕事をする癖がついているから、たまにはサボるくらいで丁度良い。

そんな誰に向けるでもない言い訳を心の中で呟きながら、もう一度、大好きな旦那様を抱き締めた。

転生公爵の午後。

爽やかな風が通り抜ける。

運んできた若草の匂いを吸い込むと、溜まった疲労感も溶けて消えていく。

天気の良い日は庭でゆっくりするのが好きだ。特に初夏の午後は、格別に気持ち良い。

私の好みを把握してくれているのか、結婚祝いであるタウンハウスは、建物以上に庭園にお金を掛けてある。

整えられた芝生と生垣、動物を模したトピアリー。

小さいながらも池があり、中央では美しい女神の彫像が優雅に微笑む。

細い石畳の小道に沿うように、庭師が丹精したハーブガーデンが咲き誇る。今の時期は丁度、カモミールや矢車菊が見頃を迎えて、通行人の目を楽しませた。

まだ蕾のつる薔薇(ばら)を這わせたアーチを抜けてレンガの階段を上がると、隠れ家のような場所が現れる。

溝彫りと柱頭の渦巻で装飾された白い円柱とドーム型の天井のガゼボは、鳥かごのように見えて可愛らしい。華奢(きゃしゃ)な鋳物の椅子二脚とガーテンテーブルだけでいっぱいになってしまう小さな建物だが、私のお気に入りの場所だ。

ここでレオンハルト様と二人、のんびりと過ごす時間は何にも代えがたい。

美味しいお茶とケーキが用意されているなら、尚更。この世にこれ以上の贅沢はないと、断言出来る。

フォークを縦に刺すと、さして抵抗なくサックリと沈み込む。

重力に負けたクランブルを皿の上に落としながら、ぱくりと口の中に放り込む。ほんのりとシナモンの香りが鼻に抜ける。次いで、煮詰めたリンゴのグラッセと、カスタードクリームの程よい甘さが舌の上に広がった。

「美味しい」

思わず、笑みと共に呟きが零れ落ちた。

するとレオンハルト様は言葉なく口角を上げる。まだ自分の分のケーキには手をつけてもいないのに、その微笑みはとても満足そうだ。

レオンハルト様の手元にあるのは、チェリーのタルト。キルシュの独特な香りとクレームダマンドの組み合わせがとても美味しいのだけれど、アルコールに弱い私は持て余してしまう。ちなみに、サバランも。

それを理解しているのだろう。レオンハルト様は、私が興味を持ちながらも注文しなそうなものを選ぶ。そして食べたそうにしていると、一口くれるのだ。

甘い。ケーキではなく、レオンハルト様が私に甘過ぎる。彼は、私専用のダメ人間製造機な一面がある。

彼の旧友であるギュンターさんも、『人間ってここまで変わるものなんですね』って呆れていた。

「食べる？」

じっと見過ぎたのか、レオンハルト様は自分の皿を私の方へと押す。

少し考えてから、頭を振る。すると彼は悪戯を企む子供みたいな笑い方をした。

「食べさせて差し上げましょうか？」

『可愛い』を連呼したのを、密かに根に持っていると見た。

「……結構です」

「それは残念だ」

じとりと睨んでもからりと笑うだけで、効果は無い。

さっきまでの可愛らしいレオンハルト様は、期間限定品だったらしい。そうと知っていたら、もっと堪能したのに。

小さな不満を覚えながらも、意地悪そうな顔もいいなと見惚れてしまうのだから、我ながら現金だと思う。

大き目に切り分けたタルトを食べていると、レオンハルト様の表情が真剣なものへと変わる。

「それはそうと、体調は如何ですか？」

どうやらクラウスから報告を受けたらしい。

心配げに曇る表情を晴らすべく、私は笑みを浮かべた。

「見ての通り、元気ですよ。暫く立て込んでいたので、少し疲れが溜まったんだと思います」

「ならば良いんですが……。念の為、医者に診せましょう」

「えっ。そんな大げさな」

驚きに、思わずタルトを落としかけた。

強がりでも何でもなく、元気なのに。何故か自己申告を無視されて、周りが挙って重病人に仕立て上げようとしてくる。

プレリエ公爵家のお抱えのお医者様は、ご高齢な方なので、タウンハウスの方には息子の若先生に来てもらっている。

クーア族からも数人、王都の視察がてら同行してもらっていた。

でも、街での資料集めや薬の材料の選定も兼ねているので、全員かなり忙しいはず。医療施設計画が稼働したばかりの我が領では、職種も身分も関係なく駆け回っているのが現状。

一時の事とはいえ、こうしてのんびりお茶をしている身で手を煩わせるのは心苦しい。しかも元気なのに。なんなら全力で走り回れそうなくらい元気いっぱいなのに。

どうにか回避出来ないものかと頭を悩ませている私の頭上に、ふっと影が差す。見上げると、席を立ったレオンハルト様が私を覗き込んでいた。

身構える間もなく距離を詰められ、唖然としている私の頬を彼は両手で包む。怒るでもなく、苛立つでもなく、ただ静かな瞳でじっと見据えられた。

「大袈裟だ、過保護だと呆れられても構わない。誰かに迷惑を掛け、負担を強いる事になるのなら、その分の補填はオレが請け負いましょう」

真顔で淡々と話すせいで、言葉を挟む隙が無い。

反応出来ない私の手からフォークがぽろりと落ちる。皿の縁に当たって、カシャンと音を立てた。

「ローゼの体調はプレリエ領にとっても、オレ個人にとっても、何よりも優先して気にするべきものだ。貴方の命は、貴方だけのものではない」

レオンハルト様の真剣さに、息を呑む。

領主として諌められている事に気付き、反省すると共に、伴侶としての自分を不甲斐なく思った。

もしも立場が逆だったとしたら、私だって同じ事をする。

レオンハルト様に体調不良の兆しがあったら、彼に自覚症状がなくても不安になっただろう。ただの疲労でも、軽い貧血でも、軽視してほしくない。

「はい。ごめんなさい」

素直に謝罪すると、レオンハルト様はようやく表情を緩めた。

「貴方の心臓はここに繋がっているのだと、自覚を持って」

彼は『ここ』と言いながら己の胸の中央を、拳でトンと叩く。

目を丸くする私を、物覚えの悪い仔犬を見るような目で見た。

「オレを、一人では生きていけない弱い男にしたのは貴方だ。ちゃんと責任取って、最期まで面倒見てくださいね」

「！」

言うだけ言って、彼はそのままガゼボを出ていく。医者の手配をしに行ったのだろう。屋敷の方へと向かう後ろ姿を呆然と見送ってから、頭を抱えた。

ジタバタとテーブルの下で足踏みしながら身もだえる。

「あーもうっ！　すき」

馬車の中で珍しく翻弄出来たと思ったら、何十倍の威力でやり返された。

悔しいけれど完敗だ。経験値が違い過ぎて、敵う気がしない。

私だってとっくの昔に、貴方無しでは生きられなくなっていますけど⁉

「なんか、出会い頭に口の中に砂糖を詰め込まれた気分なんだけど」

「⁉」

一人で暴れていたはずの私に、唐突に声が掛かった。

弾かれたように顔を上げると、さっきまでレオンハルト様が座っていた席に別人が、当たり前の顔をして腰掛けている。

反射的に叫びかけた声を呑み込む。

何故なら、頬杖をついているその人物の呆れ顔に見覚えがあり過ぎたからだ。

「カラス⁉」

カラスは父様直属の優秀な密偵であり、且つ、私にとっても気の置けない友人でもある。でも、久しぶりに会えて嬉しいという感情よりも、何故ここにいるのかという疑問の方が先に来た。

「どうして貴方がここにいるの？」

疑問をそのまま投げると、半目で軽く睨まれた。

「姫さんが具合悪いって噂を聞いたから、様子を見に来ただけ」

「え。ご、ごめん」

まさか、カラスまで心配してくれるとは思わなかった。

申し訳ないけれど、ちょっと嬉しい。

「そしたら新婚夫婦の甘ったるい遣り取り見せつけられて、胸焼けを起こしそうになってる」

「うぐ」

感動に浸る暇も無く、嫌味を言われた。

私だってさっきの会話シーンと、その後の醜態を人に見られていたのかと思うとダメージが半端ないんですけど。

「なに。お前はうちのお嬢さんを虐めにきたの？」

さっきまで誰もいなかった場所に、またもや人が立っている。

「なら出てけ」

爽やかな笑みを浮かべながら、カラスが座る椅子を長い足で蹴っているのはラーテだ。

虫も殺さないような上品な顔をして、ガラが悪い。

カラスといい、ラーテといい、気配が無いから心臓に悪い。手品のトランプみたいに軽率に増えるの、止めてくれないかな。

「別に虐めてねぇわ」

輪を掛けて不機嫌になり、カラスは舌打ちする。

しかし神経がザイル並みに太いラーテが気にするはずもなく、飄々と躱す。

「そうだよね、ごめん。独り身のカラスは僻んでいるだけだよね」

「いやお前も同じだろうが。おっさん」

昔から気になっていたのだけれど、ラーテっていくつなんだろう。

カラスより年上なのは確からしいが、容姿はどう見ても同年代。年齢不詳にも程がある。一度だけ聞いたけれど、笑って誤魔化された。

「確かに独り身だけれど、オレの主人は若く美しい人妻。対するお前の主人は美形のおっさん。職場環境は、同じどころか天と地ほど違うよ？」

にたりとラーテは口角を吊り上げる。

カラスのコメカミに青筋が浮かんだ。

「ぶっ殺すぞ、老害」

「やれるものならやってみなよ、クソガキ」

ラーテがカラスを煽るので、この二人は寄ると触ると喧嘩を始める。相性が悪いというより、ラーテの性格が悪いんだと個人的に思っている。

人妻という言葉を意味深に使わないでほしいし、うちの父様をおっさん呼ばわりするのも止めてほしい。いや、美形のおっさんなのは事実なんだけど。

睨み合う二人を眺めながら、私は溜息を吐き出した。

どっちもいい年の大人なんだから、放っておいても止めてくれるだろう。そんな楽観的な考えは、カラスが懐に手を入れた事で崩れ去った。

「待って、待って！　終了‼」

大きめの声で制止すると、カラスは不満げな顔で私を見る。それでも渋々、手を下げてくれたので安堵した。

暗器は駄目だよ、暗器は。

流石に本気では無いだろうけど、武器を出すのもアウトだから。

二人のじゃれ合いは、普通に刃物が飛び交うので洒落にならない。

この程度なら避けられるだろうという、ある意味、信頼があるからこその無茶なんだろうけど、切実に止めてほしい。

「カラス、落ち着いて。刃物は駄目よ。ラーテが悪いのは分かるけど、挑発に乗らないで」

「……分かった。ごめん、姫さん」

「えっ。こ、こちらこそ」

目を伏せたカラスは、一見、神妙な面持ちをしている。

殊勝に謝る彼に面食らい、思わず言葉を詰まらせた。

「姫さんから見えるところで、流血沙汰は駄目だよな。場所か方法を変えるから」

「そうじゃない」

思わず、真顔で首を横に振ってしまった。

『多少は性能落ちるけど、替えは用意しておくから』とか、『これを機に新型に変えよう』とか、何処まで本気で言っているんだろう。

うちの密偵はスマホじゃないんだよ。

恐ろしい提案を一つ一つ丁寧に拒否すると、カラスは不満そうな顔に戻った。

「ちょっとだけでも駄目？」

「ちょっとってどういう……」

「一本くらい」

「単位が怖いから駄目」

なまじ想像の余地があるから怖い。

深く考えたら負けだ。最早、なんの勝負なのかは自分でも分かってない。

「オレが大切にされているの、分かった？」

己の欠損が懸かった物騒な遣り取りの中でも、ラーテは悠然とした態度を崩さない。質の悪い笑顔で言う彼に、カラスのみならず私のコメカミにも青筋が浮かんだ。

一本くらい、カラスにあげてもいいかもしれない。何処だか知らんけど。

「姫さーん……」

「止めて。頷きそうになるから止めて」

ジトッとした目を向けてくるカラスから、必死に視線を逸らす。

私の中の天使と悪魔が取っ組み合いの喧嘩を始めてしまう。

「やっぱりラーテみたいな性悪に、この職場は勿体ないと思うんだけど」

ようやく諦めてくれたのか、カラスは長い溜息を吐き出す。

椅子に深く座り直した彼は、背凭れに体重を預ける。

カラスの言う職場とは、プレリエ公爵家の事だろう。

国王直属の優秀な密偵に誉められるのは素直に嬉しい。でも、過分な評価な気がする。

我が領は優秀な人材が揃っているから上手く回っているけれど、その分、一人一人の負担はかなり大きい。

ラーテもかなり、こき使ってしまっているし。軌道に乗るまでは、これからも沢山苦労を掛けると思う。

「羨ましい？」

「黙れ、害悪。羨ましくない訳あるか」

ラーテの煽りに対し、カラスは吐き捨てるように言う。

「ラーテの労働時間を知ったら、そんな事言えなくなるわよ」

私の警護に諜報活動、非戦闘員であるクーア族の護衛など、ラーテの仕事は多岐にわたる。密偵は他にもいるとはいえ、彼は夜間も私の護衛に就いてくれる事が多く、拘束時間がとても長い。

タイムカード制だったら、労基の監査が入って営業停止になっているレベルだ。

しかし、カラスはそれがどうしたと言わんばかりに鼻で笑う。

「労働時間ならこっちも負けてないから」

そういえばそうだった。

父様は私以上に人使いが荒い。そしてこの世界に、働く庶民の味方、労働基準監督署は存在しなかった。

「それを差し引いても、一般的に考えて、今のプレリエ公爵家以上に働き甲斐がある職場は無いでしょ」

「?　賃金も、際立って良い訳ではないけれど……」

十分な報酬を約束したいし、今後、上げていく予定ではある。

でも現状、他領と比べて突出して良いとは言い難い。

首を傾げる私に、カラスは呆れ顔になった。

「人は金だけで動く訳じゃない」

戦国時代の武将が、そんな名言を遺していたような気がする。

人は利益の為だけに動くんじゃない。上に立つ者の人望や能力が、人を動かす……とかなんとか。

私には分不相応な評価だが、そこまでカラスに認めてもらえるのは素直に嬉しい……。

「名誉欲は時に、他の欲を凌駕する」

違った。

やばい、恥ずかしい。今さっきの私、滅茶苦茶調子に乗ってなかった？

さっきの感動は、一瞬でも自惚れていた過去の私ごと無かった事にしてほしい。

「姫さんは間違いなく、後世に語り継がれる存在だ。アンタの今後の一挙一動が、歴史書に書き記される」

落とされた後に持ち上げられても、情緒が追い付かない。

喜ぶには、聞き捨てならない言葉が多過ぎる。一挙一動を書き記されるとか、恐怖でしかないんだけど。

「姫さんと共に名を遺せる人間はごく一部とはいえ、可能性はゼロじゃない。遣り甲斐を感じる人間は多いだろうな」

さらりとカラスはとんでもない事を言う。

「まぁ、陰に生きるオレには関係ない話だけど」

「……じゃあ結局、カラスの『羨ましい』はどこに掛かる言葉なの」

「美人な上司」

浮かんだ疑問を率直にぶつけると、更にストレートな言葉が返ってきた。思わず脱力してしまう。

常に気だるげなせいか、どこか厭世的(えんせいてき)な印象があったカラスも、意外と普通の成人男子だったらしい。

「まぁ、オレの事はいいとしてだ。これから姫さんの周りには有象無象が群がるだろうから、気を付けた方がいい。利用しようと企む奴や、足を引っ張ろうとする敵がわんさかいる」

緩い空気が消え、カラスは真顔になる。

私の甘さや駆け引きの下手さを知っている彼の助言に、私は深く頷いた。

社交界も商売の世界も、甘くはない。経験の浅い私が気を抜けば、あっという間に骨も残さず喰い尽くされるだろう。

酷い顔をしていたのだろうか。カラスは表情を和らげて、口角を軽く上げる。

「とはいえ、姫さんが全部抱える必要はないから。蛇の道は蛇って言うし、曲者の相手は曲者に任せな。周りにいっぱいいるでしょ、厄介な保護者」

『使ってやれ』と笑うカラスに釣られて、私も小さく笑った。

「てか、厄介な保護者代表、帰ってこないね」

カラスは視線を屋敷に向けて、ぼそりと呟く。

その不名誉な言葉が指すのは、もしや私の旦那様でしょうか。

「クーア族と医者が、まだ街から戻ってきていないんだと思うよ。付けた護衛も帰ってないし」

答えたのはラーテだ。

焦っている様子は無いので、時間が押しているといっても誤差の範囲なんだろう。

でも、さっきの話を聞いて、不安が過った。

医療施設に深く関わるクーア族と医師も、きっと周囲から注目されている。

出先で何かトラブルに巻き込まれてやしないかと、心配になってきた。

「姫さん……。脅したオレが言う事じゃないけど、心配し過ぎ」

カラスが呆れ顔というより、困り顔になってしまった。

確かに、お使いに出した子供ならともかく、護衛付きの大人を心配するには、まだ時間が早過ぎる。

「ちょっと様子を見てくるわ」

恥ずかしさを誤魔化す為に、席を立つ。

すると視界が、急に暗くなった。

「……っ？」

「!?」

ザアッと血の気が引く。

足元がぐわんと揺れて、吐き気がした。立っていられない。

体から力が抜けて、膝から崩れ落ちるのと同時に誰かに抱き留められる。

周囲の音がどんどん遠ざかって、慌てた声が誰のものか分からない。ラーテか、カラスか。レオンハルト様の声も、混ざっている気がした。

「大丈夫かしら？」

転生公爵の驚愕。

ふ、と意識が浮かび上がる。

瞼を押し上げると視界に入ったのは、見慣れた寝室の天井だった。

あれ……？

わたし、どうしたんだっけ？

ぼんやりとした頭で、己に問う。

城から帰った後、庭園でレオンハルト様とお茶をした。彼が席を外している間に、カラスが現れて、と記憶を一つずつ辿った。

その後は何があった？

レオンハルト様が買ってきてくれたケーキの種類や、カラスとラーテの口論の内容など、細かな部分まで思い出せるのに、その後の記憶が唐突に途切れている。

時間もそれなりに経過しているらしいと、周辺を見回して気付く。室内は薄暗く、カーテンの隙間から覗く景色は地平線の僅かなオレンジ色を残し、藍色に染め上げられていた。

居眠りをした記憶はないから……もしかして、倒れた？

思い当たった可能性に紐づき、いくつかの記憶が蘇る。

城で顔色が悪いと指摘された事や、レオンハルト様が心配して、医者を手配しに行った事。記憶が途切れる寸前の、レオンハルト様の悲痛な声を思い出して血の気が引いた。

まずい……！

また私、レオンハルト様に心配かけてしまったかも⁉

体を起こそうと身動ぎをすると、傍で息を呑む音がした。

「ローゼ……？」

呆然とした声は、誰のものかと考える前に分かる。

ガタンと派手な音を立てて、椅子が倒れた。私の枕元に手をついて覗き込んだレオンハルト様は、酷い顔をしている。

下手をしたら倒れた私よりも、顔色が悪い。雄々しい美貌は、蒼褪めるのを通り越して白に近いほど血の気が引いていた。

「ローゼ！」

「レオン……」

「気分は？　どこか痛くはないですか？」

必死な顔のレオンハルト様の問いに、頭を振る。

やっぱり心配させてしまった。

悔いる気持ちはあれど、寝起きの頭では上手く言葉が出てこない。精悍な頬に手を伸ばすと、上から大きな手を重ねられた。

皮膚が硬く力強い手は、驚く程に冷たい。

それが彼の恐れを表しているようで、胸が締め付けられた。

「心配かけて、ごめんなさい」

小さな声で謝った瞬間、端整な顔がくしゃりと歪む。

しかしすぐに取り繕い、落ち着いた苦笑いに覆い隠されてしまった。

「まったく、オレを殺す気ですか。貴方の心臓はオレに繋がっていると、伝えたばかりなのに」

からかうような言い方に、少しだけ混ぜた本音が刺さる。

瞳を伏せたレオンハルト様は、私の手を少しだけ強く握ってから、頬から離した。

「医者を呼んできますので、少し待って」

蹴倒した椅子を戻した彼は、部屋を出ていく。

扉の向こうから慌ただしい音が聞こえたかと思うと、五分も経たないうちに医者と薬師がやってきた。

若先生……といっても、御年は確か四十一、二歳くらい。当人はたまに「そろそろ若先生は止めてほしい」とぼやいているが、年配の方からだけでなく、子供達にもそう呼ばれているので、一生呼び名は変わらないと思う。

温厚で真面目な性格がそのまま表れたような、柔和な顔立ちの細身の男性だ。

「公爵様、御気分は如何でしょう。何処かお辛いところは？」

「今は特には」

「それは良かった。体を起こす事は出来そうですか？」

「ええ」

「お手伝いします」

すかさず手を貸してくれたのはクーア族の一人、アビさんだ。

ハキハキと話し、頭の回転が速い彼女は、排他的なクーア族にしては珍しく、とてもコミュニケーション能力が高い。現代日本なら営業職が向いていそうな彼女は、薬師としての腕は勿論、交渉役としても優秀なので、王都への同行をお願いしていた。

年齢は四十代後半で、お子さんは既に独り立ちしているそうだ。

「不具合はございませんか？」

「はい。ありがとうございます」

重ねたクッションを背凭れにして、上半身を起こす。

少しだけ体が重く感じて、ふ、と息を零した。

自覚症状は無いと思っていたけれど、やはり、それなりに不調はあったらしい。過信は駄目だなと何度目かの反省を胸中で呟くと、視線を感じた。

戸口に立つレオンハルト様の表情が、心配そうに曇っている。

情けなく眉を下げた私と、レオンハルト様とを見比べた若先生は苦笑した。

彼が頭を軽く下げると、レオンハルト様は少し躊躇う素振りを見せてから、部屋を出る。行きたくないという気持ちを代弁するみたいに、扉がゆっくりと閉まった。

「では、少し見せてくださいね」

真剣な医者の顔になった彼は、身を乗り出す。

私の顔色や瞼の裏、咥内などを注意深く観察した。

「色が薄い。やはり貧血のようです」

前世から健康優良児だったせいで、馴染みのない言葉だ。

今の体も、船旅や山登りにも耐え得る頑丈さだと思っていたけれど、意外と繊細だったらしい。

でも重大な病でなくて良かったと安堵すると、私の気持ちを読み取ったかのように若先生は真剣な顔で続ける。

「貧血で眩暈や立ち眩みなどを起こす女性は、少なくありません。そういう意味では珍しい症状ではありませんが、楽観視してはいけません。別の原因が隠れている事もございますので」

「別の原因……」

鸚鵡返ししてから、顔が強張るのを感じた。

「いくつかの質問に答えてください」

私の手首で脈を計っていた若先生は、そう切り出す。

質問は、最近の体調や食欲についてから始まり、眠気や熱っぽさ、精神面の安定、五感の変化などと多岐にわたる。

そういえば、レモンティーが苦手じゃなくなったのも関係あるんだろうかと考えながら、味覚の変化について答えた。

「味覚が変わった……。なるほど」

若先生は独り言のように言ってから、深く頷く。

俯き加減では表情が分かり難くて、不安になった。影が差した彼の顔が、深刻に見えてしまうのは考え過ぎだろうか。

次第に早くなる鼓動を落ち着かせようと、そっと胸を押さえる。

質問と回答を書き記していたアビさんは、そんな私に気付き、宥めるように背中を撫でてくれた。

「ああ、不安にさせてしまいましたね。申し訳ございません」

若先生も私の様子に気付いたのか、安心させるように微笑む。

「父と違い、未熟者でお恥ずかしい。考え込む時に黙る癖はどうにかしろと、何度も注意されているんですが」

プレリエ領にいるお爺ちゃん先生は好々爺といった風貌で、注意するという言葉と結び付かない。いつもニコニコと笑っている彼も、師匠としてはそれなりに厳しいのだろうか。

叱られる若先生の図を思い浮かべて、つい口元を綻ばせる。

「あと、最後にもう一つ、質問を宜しいでしょうか？」

「はい」

「では、月経の周期に乱れはございませんか？」

若先生の質問について考える。

そういえば、遅れているような。

忙しい時期は数日ずれ込む事があるけれど、それにしても……。

指折り数えていた私の脳内で、質問の意図と私の体調不良の原因についての関係が、すっと結び付く。

唖然とした私は、若先生とアビさんの顔を順番に見つめる。

ゆっくりと頷くのを見届けた私は、数秒後、意味を成さない大声を上げてしまった。

「ローゼ⁉」

バンと派手な音を立てて扉が開く。

血相を変えて飛び込んできたレオンハルト様は、私の方へと駆け寄ってくる。何があったんだと視線で問われても、何も返せない。

私自身も上手く呑み込めていないから、誰かに説明する余裕なんて無かった。

早鐘を打つ心臓を押さえて、呼吸を繰り返す。

ゆっくりと掌を滑らせて、そっとお腹に触れた。

当たり前だけれど、何の動きもない。

煩いくらいの鼓動は私自身のものだし、震えているのも私の手だ。それでも指先から温もりが伝わってくるようで、勝手に涙腺が緩む。

ここに……私のお腹の中に、新しい命が宿っている。

私とレオンハルト様の赤ちゃんがいるんだ。

「……っ」

吸い込んだ呼吸が不自然に詰まる。

胸がいっぱいで、何も考えられない。自分が泣きたいのか、笑いたいのか。それすらも分からなかった。

「……ローゼ」

俯く私に影が差す。

見上げると、身を屈めたレオンハルト様が悲痛な顔で私を見つめていた。

ああ、そんな顔をさせてしまうような事ではないのに。

この喜びを一緒に分かち合いたいのに、上手く言葉に出来ない。

幸せ過ぎて苦しいなんて、人生で何度味わえるんだろう。

くしゃりと顔を歪めた私に連動して、レオンハルト様も同じ顔をする。

大きな手が私の肩に回って、抱き寄せられた。勢いがあったせいか、逞しい胸に鼻をぶつけて、ちょっと痛い。

「大丈夫、大丈夫だ」

「レオ、」

「貴方の為なら、何でもする。何だって用意する。他国の秘薬だろうと、世界の果てに咲く薬草だろうと、何だって、オレが」

呼びかけは、切羽詰まった言葉に遮られる。

私の形を確かめるみたいに、抱き締められた。冷たい手も声も、震えている。

大きな体は私の体をすっぽりと包み込んでいるのに、まるで縋られているような気持ちになった。

どうやら私が重病だと、勘違いさせてしまったらしい。

掠れた声があまりにも苦しそうで、私は慌ててレオンハルト様の胸を叩いた。

「レオン、ちがうの」

押し付けられた胸板から顔を上げて、必死に訴える。

「……違う？」

私の言葉を繰り返すレオンハルト様は、顔色が悪い。

どちらが病人か分からないほど蒼褪めた顔を見ているのが辛くて、何度も頷いた。

「病気じゃないわ」

「……ローゼ」

きゅっと眉間に皺が寄る。レオンハルト様の表情は晴れるどころか、曇ってしまった。どうやら、全く信じてもらえていないようだ。

苦しげな顔で、レオンハルト様は笑う。

愛しいと語る瞳で私を見つめて、頬に手を添えた。掠めるような口付けには欠片の欲も込められておらず、ただ労(いたわ)りに満ちている。

そのせいで反応が遅れてしまった。人前でキスなんて、と恥じる隙もない。

「愛している。貴方はオレの心臓だ。……何処までも、傍に」

「っ……レオン！」

パシンと乾いた音が鳴る。

レオンハルト様の顔を、勢いよく両手で挟んだ。

たぶん痛かったと思う。暗く淀みかけていたレオンハルト様の目が、驚きに見開かれた。

間近で覗き込んだ両目に光が戻ったのを見て、私はほっと安堵の息を吐く。

「レオン、ごめんなさい。本当に違うの」

叩いてしまった事と心配させてしまった事、両方の謝罪を込めて、精悍な頬を撫でる。

「私は健康だし、貴方を置いていったりしないから」

視線を逸らさずに語り掛ける。

私は嘘を吐くのが下手くそだと知っている彼は、今度こそ信じてくれたらしい。意外に長い睫毛がパチパチと瞬いて、彼の困惑を訴えている。

「なら、何故……?」

「えっと」

どう伝えようかと考えた私は、レオンハルト様の頬から手を離す。代わりに彼の右手を両手で掴んで、引き寄せた。

「ローゼ?」

レオンハルト様の困惑が増したのが、声で分かる。それでも彼は、私の手を振り払わずに好きなようにさせてくれた。

硬い掌を、私の腹部に押し当てる。

「……ここに、新しい家族がいるの」

「……は」

呆けた声が、レオンハルト様の口から零れ落ちた。

顔を上げると、表情も抜け落ちている。呆然自失した彼と視線を合わせ、もう一度、ゆっくりと言葉を告げた。

「私とレオンの子供よ」

ひゅっと息を呑む音がして、その後は不自然な程の静寂が訪れた。

部屋の中にも外にも、沢山の人がいるはずなのに、物音一つしない。水を打ったような静けさが、数秒続いた。

「……こ、ども……?」

異国の言葉のように、拙い発音だった。

レオンハルト様は無表情のまま、はくりと空気を食む。音にならなかった言葉が吐息として洩れ、唇が震えた。

喜んでくれるはずだと信じている。

だから張り詰めた空気に負けず、瞳を見つめたまま、深く頷いた。

「妊娠したの」

短い言葉を最後まで言い切るのとほぼ同時に、前触れなく、レオンハルト様の瞳から涙が零れ落ちた。

「……⁉」

驚愕する私に、透明な雫が降ってくる。

眉一つ動かさず、嗚咽も洩らさず。滂沱の涙を流すレオンハルト様があんまりにも綺麗で、状況も忘れて見惚れそうになった。

ほろほろと頬を滑り落ちる涙は、そのまま真珠にでもなりそうな程に美しい。

「……っ」

どどど、どどど、どうしよう⁉

私は固まったまま、混乱していた。

何をどうしたらいいのか分からずに、掌を受け皿みたいにして、レオンハルト様の涙を受け止めている。

泣いている旦那様にするべき妻の行動は、おそらくこれではない。

明らかに間違っている。

分かっているけど、何か勿体なかったから……!!

冷や汗を掻きながら意味不明な行動を取っていた私は、唐突に引き寄せられた。

体に負担をかけない力加減ながらも、しっかりと両腕で抱き締められる。

「レオ……」

「嬉しい」

抱き締めた私の頭に、レオンハルト様は頬を摺り寄せる。

「幸せで、どうにかなってしまいそうだ」

泣いたせいか少し掠れて甘い声は、言葉通りに喜色が溢れていた。

心から喜んでくれている事が伝わってきて、私も涙ぐんでしまう。誤魔化す為にレオンハルト様の肩口に顔を押し付け、すんと鼻を鳴らした。

「私も幸せよ」

私達は暫くの間、寄り添い、抱き合っていた。

かなり時間が経ってから、ごほんと咳払いが聞こえて我に返る。

気まずそうな顔をした若先生と、微笑ましいものを見る目を向けてくるアビさんの笑顔を見て、ようやく人前である事を思い出した。

総帥閣下の動揺。

遠くに見えていたローゼの姿が、ふっと揺らぐ。

糸が切れた人形のように崩れ落ちるローゼの後ろ姿を見て、オレは叫びそうになった。駆け寄ろうとしても、距離はまるで縮まらない。自分の足の遅さに絶望する。

傍にいたカラスとラーテが支えてくれたお蔭で、ローゼは体を打ち付けずに済んだ。それなのにオレはまともに礼も言えず、震える腕をローゼに伸ばす。

抱き上げた体がいつもより軽いような気がして、背筋が凍った。

この愛おしい存在を失うかもしれないなんて、考えたくもない。もしも、と想像するだけで心が引き裂かれそうになる。

恐ろしい想像を頭の隅に追いやって、必死に医者の下へと急いだ。

医者の所見はハッキリしなかった。おそらくは貧血だろうと言葉を濁す様子が、何かを隠しているようにも見えてしまい、気が気ではない。

詳しくはローゼの話を聞いてからだと言われ、彼女が目覚めるのを待つ事となった。

ベッドの横に椅子を置いて、寝顔をじっと眺める。横たわるローゼの顔色は、紙のように白い。

寝息もか細く、あまりにも静かで不安になる。

ちゃんと呼吸をしているのかを確かめる為に、何度も口元に手を翳した。微かな息を掌に感じて安堵するが、それもほんの僅かな時間だ。

次の瞬間には止まっていたら。二度と目を開けなかったら。オレはどうしたらいい？

時計の秒針が時間を刻むのに合わせて、オレの不安も降り積もっていく。じわじわと忍び寄ってくる絶望に呑み込まれそうだ。

自分の弱さに、吐き気がした。

オレはいつも、肝心な時には役に立たない。ローゼはオレを何でも出来る大人の男だと思っているようだが、とんでもない。

今だって、何も出来ない。自分の無力さを噛み締めながら、座っているだけのでくのぼうだ。

何だって出来るのは、ローゼの方だ。小さな体一つで困難に立ち向かって、軽々と乗り越えていく。オレはいつもその背中を追いかけていくだけで精一杯。

ローゼ。貴方がいなければオレは、呼吸の仕方さえ忘れてしまいそうだ。

項垂(うなだ)れていたオレの意識を引き戻したのは、寝台が軽く軋(きし)む音だった。

「ローゼ……？」

怯えて震える声で呼ぶ。

勢いよく立ち上がったせいで椅子が転がったが、気に留める余裕もない。枕元に手をついて覗き込むと、驚きに見開かれた青い瞳とかち合った。

目を開けてくれた事が嬉しくて、体中の力が抜けそうになる。だが、まだ安心するのは早い。

別室にいる医者を呼んで、診察を頼む。オレは席を外すようにと視線で促されたが、離れがたい。

それでも結局は従うしかなくて、未練がましく扉の前で立ち尽くしていた。

ローゼの意識が戻るまでと逆で、今度は時間が過ぎるのがとても遅く感じる。

早く終わってくれ。軽い貧血だと、そう言ってほしい。祈るようにそう願っていたオレの耳に届いたのは、ローゼの声だった。悲鳴とは少し違う、それでも何かあったのだと分かる声に焦り、室内へと踏み込んだ。

ローゼの下に駆け寄って、視線で何があったのかを問う。しかし、返答は無い。

明らかに動揺しているローゼの様子に、オレの心拍数も上がっていく。青い瞳がじわりと滲み、目尻に涙が浮かぶのを見て、呼吸が止まりそうになった。

「……っ!」

ぐっと、拳を握る。しっかりしろと、己を叱咤した。

最愛の妻が苦しんでいるのに、無様に取り乱している場合か。

「大丈夫、大丈夫だ」

ローゼに語り掛けながら、自分自身にも言い聞かせる。

細い体を抱き締めると、戸惑ったようにローゼは身を捩った。違う、病気ではないと訴える彼女の言葉を、オレは信じていいのだろうか。

オレを傷付けない為の優しい嘘ではなく、真実であってほしい。

じっと瞳を見つめても、ローゼは笑ってくれない。

言葉を探すように彷徨う視線が、オレの不安を掻き立てる。必死になって『違う』のだとローゼが言葉を重ねるごとに、心が黒く染まっていく。

ローゼがいなくなるなんて、考えられない。

それくらいならば、いっそ……。

「っ……レオン！」

思考が真っ黒に塗り潰されそうになる寸前、頬に受けた軽い衝撃がオレを正気に戻す。オレの頬を両側から挟むように叩いたローゼは、もう一度、『違うの』と言った。

「私は健康だし、貴方を置いていったりしないから」

真っ直ぐに向けられる視線に嘘は無かった。

それで漸く、まともに息が出来るようになった気がする。だが、今度は別の疑問が浮かんだ。なら、さっきの動揺は何だったのだろう。

戸惑うオレに気付いたのか、ローゼの眉が困ったように下がる。おそらく、彼女自身もまだ冷静にはなっていないのだろう。短い沈黙が落ちたが、今度は不安にならなかった。

黙って待つと、ローゼはオレの手を取る。されるがままのオレの手が辿り着いた先は、ローゼの腹部だった。

意図が分からずに固まっていると、青い瞳がじっとオレを見つめる。

「……ここに、新しい家族がいるの」

「……は」

間の抜けた声が口から零れた。

意味が何故か、理解出来ない。頭の動きが驚くほど鈍くて、ただ何度もローゼの言葉を繰り返していた。

『新しい家族』が、ローゼのお腹にいる。意味を考えて、漸く思い当たる。ローゼが何を言いたいのか。

その言葉が指し示す、奇跡を――。

「妊娠したの」

ローゼの声以外、全ての音が消え失せる。

自分が出した結論とローゼの言葉が重なった瞬間、自然と涙が零れ落ちた。

表情筋がまともに動かないオレの代わりに、ローゼが慌てふためいている。かなり動揺しているらしく、オレの涙を手で受け止めるという訳の分からない行動を取っていた。

それが、可笑しくて。愛おしくて。

溢れ出しそうな気持ちのままに手を伸ばし、細い体を抱き締める。頭に頬を摺り寄せて、幸せだと本音を吐露した。

ローゼがいなかったらオレは、息も出来ないほどの恐怖を知る事は無かっただろう。

そして同時に、人は幸せ過ぎても泣けてくるのだという事も、知らないままだった。

いつだってオレの感情を揺さ振るのはローゼだけだ。愛情も嫉妬も喪失感も多幸感も、全部、貴方がオレに教えた。

寄り添い合い、幸せを噛み締める。

それなりの時間が過ぎた頃、医者の咳払いで我に返った。そういえば二人きりでは無かったと気付いたが、離れがたい。

恥ずかしがって離れようとするローゼを引き寄せると、困り顔を向けられた。

駄々をこねる子供のような態度のオレに呆れつつも、医者と薬師は退室してくれた。

「きっと呆れられたわ……」

ローゼは項垂れ、両手で顔を覆う。

呆れられたのはおそらく、オレ一人だろう。特に医者の方は目で、『いい年をした男が。自重しろ』と訴えていた気がする。

だが、敢えて訂正はしなかった。

寝台の端に腰掛けたオレは、ローゼの髪を飽きる事なく手で梳き、たまにコメカミや頬に口付ける。ちょっかいをかけるオレが鬱陶しかったのか、軽く睨まれた。

「他人事みたいな顔をしているけれど、レオンも同罪なんですからね？」

同罪どころか、オレが九割悪いだろう。今だってオレが一方的に引っ付いているだけだ。

腹の中ではそう考えつつも、何も言わない。ただ笑ってローゼの額に口付けると、何故か沸騰したように顔が真っ赤になった。

「……っ、狡い……っ！」

目を見開いて固まっていたローゼは、赤面したまま悔しそうな表情をする。

「そんな子供みたいな無防備な顔で、ニコニコして……っ！　私がレオンのそういう顔に弱いって分かってやっていますよね⁉」

弱いのか。それは良い事を聞いた。

ただ残念な事に、自分が今、どんな顔をしているのか分かっていない。

「ほらっ！　言った傍から……！」

ローゼが珍しくも怒っているが、涙目だからか全く怖くない。寧ろ、とても可愛い。あまり怒らせたくはないが、この顔はもっと見ていたい。

家族が増える事が分かった上に、こんなにも色んな表情のローゼが見られるなんて、今日は本当に良い日だ。

「私がいつまでも振り回されていると思ったら、大間違い……、かわ。かわい……。恰好良いのに可愛いってどういう……」

途中から勢いが無くなり、最後の方は掠れてよく聞こえなくなってしまった。口元を手で隠したローゼは「顔が……顔が良い」と、うわ言のように呟いている。

自分を不細工だと感じた事は無いが、特別整っているとも思っていない。だが、ローゼの好みに合っているのなら、この顔に生まれて良かった。

両親に感謝しながら、ローゼの手を退ける。小さな唇に触れるだけの口付けをすると、ポッとまた頬が赤くなった。


「もう。あんまり、からかわないで」

「ごめん」

怒っている姿をもっと見ていたい気持ちもあったが、あまり興奮させるのは体に良くない。素直に謝ると、ローゼの肩の力が抜けた。

脱力して、オレに凭れかかるように体を預けてくる。

「貴方に叱られるなんて滅多にないから、嬉しくて」

「また、そういう事を言う……」

腹部に負担をかけないようにしながら、腰を抱き寄せる。ローゼは困ったように眉を下げて、溜息を吐いた。

「困ったお父様ね？」

薄い腹を擦りながら、ローゼは苦笑する。お腹の中の我が子に語り掛ける彼女の目は慈愛に満ちていて、思わず見惚れてしまうほどに美しい。

子供の事もきっと、こうして叱った後に許すのだろうな。そんな未来を思い描いていると、顔が勝手に緩んでしまう。

「オレに似た男の子が生まれたら、きっと同じように貴方を困らせるんでしょうね」

腹部に置かれたローゼの手に、手を重ねる。

「貴方に構ってほしくて、悪戯するかも」

「それは……可愛らしいですね。叱れるかしら？」

「その時はオレが叱りましょう」

「じゃあ私に似た女の子が生まれたら、私が叱るわ。レオンはきっと甘やかすもの」

ローゼに似た女の子が、じっと見上げてくるのを想像した。叱られるのを覚悟して、涙目になっている顔を思い浮かべただけで、白旗を上げた。

無理だ、叱れない。

「……お願いします」

オレが肩を落として力無くそう答えると、ローゼは声を出して笑った。鈴が転がるような、耳に心地よい声だった。

「楽しみね」

「ええ。とても待ち遠しい」

ローゼの言葉に、心の底から同意する。

どちらに似ていても、似ていなくても。女の子でも、男の子でも。元気に生まれてきてくれたら、それだけでいい。

オレとローゼの大切な子。君に会える日を、父様も母様も楽しみにしているよ。

或る密偵の憂慮。

姫さんが倒れた時のオレは、とんでもなく役立たずだったと思う。

目の前の光景が信じられなくて、頭の回転も体の動きもドン引きするくらい遅かった。

働かない頭が、どうにか『手を伸ばせ』と命令してくるのに従って、崩れ落ちる姫さんの体を抱き留める。

その時の己の鈍重さを振り返ると、ギリギリでも間に合ったのは奇跡に近い。

呆然と立ち竦むオレの向かいで、ラーテも同じような阿呆面を晒していたが、笑う気も起こらなかった。

駆け付けた旦那が抱き上げても姫さんは目を開けず、されるがまま。人形のように真っ白な顔色を見て、背筋が凍るような恐怖を覚えた。

当主夫妻の気質を反映するように、いつものんびりと穏やかな空気が流れるタウンハウスが、俄(にわ)かに騒がしくなる。

夫婦の寝室に旦那が姫さんを運び込んでから、三十分足らず。

鬼気迫る形相をした使用人等が担ぎ上げそうな勢いで、医者と薬師を連れてくる。街から帰ってきたばかりの彼等は荷物を放り出して走ってきたのか、息せき切らしていた。

誰も彼もが必死な様子で駆け回っている。

それが言外に事態の深刻さをオレに突き付けているようで、眩暈がした。

さっきまで元気に見えたのに。

呆れて、怒って、笑ってくれていたのに。

「カラス」

調度品の陰に身を潜めるオレを、ラーテが呼ぶ。

隠密中に密偵が声を出すなど、通常ならあり得ない。しかし、寝室前の廊下に集まった使用人や護衛等は誰もオレ達に気付いた様子はなかった。

ついでに部屋を追い出されたらしい旦那も、強張った顔で立ち尽くすだけ。

それどころではないのだろう。オレも同じだった。

オレに語り掛けたはずのラーテは、こちらを見ようともしない。部屋の扉を凝視する横顔からは表情が抜け落ちていて、声にも温度が無い。

姫さんの前でへらへら笑っていた男とは、まるで別人。暗殺者時代に戻ったかのような様子のラーテは口を開いた。

「領地に戻ってじいさんを連れてくる。連絡用に鳥を貸せ」

じいさんとは、おそらく公爵家のお抱えの医者だろう。

高齢の身で長距離の馬車移動は辛かろうと、王都への同行を断念したのだろうに。馬車どころか裸馬に縛り付けて連行されそうな勢いだ。

呆れながらも止める気は起きない。

コイツが言い出さなければ、オレが動いただろうから。

「……っ⁉」

立ち上がろうと足に力を込めた、その時。

寝室の中から、悲鳴じみた姫さんの声が上がった。

間髪入れずに、姫さんの旦那が部屋に飛び込む。

でもオレは凍り付いたように動けなかった。情けない話だが、竦み上がっていたんだと思う。

開いたままの扉から、話し声が聞こえる。使用人と護衛は、身を寄せ合うように戸口に集まって、中の様子を窺っていた。

雑談に紛れた声も密談も拾い上げられる無駄に高性能なはずのオレの耳は、職務を放棄している。

知るのが怖いなんて、密偵失格だ。

聞きたくないと拒むオレの意に反し、辺りが静まり返る。

大勢の人間がいるのに、物音一つしない不自然な状況の中、姫さんの声が聞こえた。

「妊娠したの」

張り上げた訳でもないのに、その言葉はやけによく通った。

は、と息を洩らすような声は、オレのものだったのか、ラーテのものだったのか。

にんしん、と言葉を繰り返す。

姫さんの体調不良とその単語が上手く結びつかずに、発音も定かでないまま、何度か舌の上で転がした。

「……ご懐妊……？」

棒立ちしていた使用人等の中で、誰かが呟く。

互いの顔を見合わせていた彼等の頬が、急速に色付く。喜びが弾けたように満面の笑みで手を取り合い、『お子様が！』、『慶事だ‼』と口々に騒ぎ出す。

ぴょんぴょんと跳ね回る姿は、普段、粛々と仕事を熟す有能な侍女達とは思えなかった。

王女時代から姫さんに心酔していた護衛騎士、クラウスは、力が抜けたようにその場にしゃがみ込んでいた。

「良かった……」

片手で顔を覆って背中を丸めた彼は、一生分かという長い溜息を吐き出した。

クラウスは姫さんに、忠誠以上の感情を抱いていたはず。

しかし今のクラウスの表情と言葉に嘘はないように思う。主人の無事と慶事を、共に喜んでいるように見えた。

いつかの船旅で誰彼構わず噛み付いていた狂犬は、いつの間にか、本物の忠義の騎士へと成長していたらしい。

「こども……」

ラーテが、ぽつりと単語を零す。

さっきまでの研ぎ澄まされたナイフのような表情は幻だったかのように、呆けた様子で壁に凭れかかる。

覚束ない足取りでよろける男を、情けないと笑う事は出来ない。それは即ち、鏡を指差して嘲るのと同義だからだ。

全身から力が抜けて、その場に座り込みたくなる。

姫さんが重病でなくて本当に良かったと、安堵に胸を撫でおろす。

喜びに沸く廊下を、ぼんやりと眺めた。

笑顔の使用人等は、産着がどうの、子供用のベッドがどうのと騒ぎ立てている。まだ生まれてもいないのに、気が早い事だ。

呆れるのと同時に、不思議な心地になる。

暗部に生きるオレが、このような場面に立ち会うとは思わなかった。

妊娠を喜ぶという、ごく当たり前の光景を見たのは、もしかしたら初めてかもしれない。

貧民街でも花街でも戦場でも、妊娠は悲劇だ。

明日の我が身すら保障されていない環境で、別の人間の命を抱える余裕など無い。薄汚れた路地裏や道の片隅で、何度、冷たくなった小さな骸(むくろ)を見た事か。

かといって余裕があれば喜ばれるのかというと、そんな単純な問題でもなかった。

高位貴族の子供であっても、血統や生まれた順番、時には性別で、簡単に命の危機にさらされる。

どれだけの子供がこうして、愛され、喜ばれ、待ち望まれるのか。

こうあるべきだと理想論を語っても、現実が追い付く日は遠い。

だからオレはらしくもなく、クラウスの言葉に心の中で同意した。

本当に、良かった。

姫さんの子供が、皆に祝福されて生まれてくるだろう事が嬉しい。

オレやラーテみたいに、ゴミ溜めで死にかけた子供がいる事なんて知らなくていい。自分の幸運を噛み締めろなんて、言わない。

当たり前の顔で皆の愛情を受け止めて何の憂いも無く、でかくなればいい。怒って、笑って、せいぜい幸せになればいい。

クソガキに育ったなぁって、オレを呆れさせてくれ。

「お嬢さんの子供か。いいなぁ」

「……それは何処にかかる言葉だ」

感傷めいた気持ちに浸っていたのを、ラーテの声に邪魔された。

どうとでもとれる言葉が引っ掛かり、鋭い視線を投げる。

ラーテが姫さんに手を出すとは思っていない。コイツは姫さんに執着しているが、同時に神聖視している節がある。

だから、旦那を羨ましがっているという訳ではないだろう。

でも単純に、『幸せそうでいいな』という意味だとも思えない。

コイツがそんな、まともな感性をしている訳がない。

「ん？」

ラーテは首を傾げる。

性格は容姿に反映するとは限らないというお手本のように綺麗な顔をした男は、笑顔で爆弾を投げて寄越した。

「お嬢さんから生まれるなんて、羨ましいなぁって」

「…………」

脳が言葉を理解するのを拒んだ。

しかし体は正直だったらしく、ぞわりとした怖気と共に鳥肌が立つ。

今、とんでもなく、おぞましい言葉を聞いたような気がするんだが空耳だろうか。

絶句するオレを気にする素振りもなく、ラーテは愁いを帯びた表情で溜息を零した。顔の造作は整っているので、やけに絵になる。

しかし話の内容は気が触れているとしか思えなかった。

「オレもお嬢さんの胎から生まれたかった」

「…………」

気色悪過ぎて、突っ込むのも嫌だ。

遠い目をしたオレは、懐の暗器を握りながら思う。

公爵家の密偵一人減らしても、姫さん、許してくれるかな……？

第一王子の焦り。

その日、その時。私……クリストフ・フォン・ヴェルファルトが、国王の執務室にいたのは偶然だった。

ラプター王国との貿易に関する協定見直し案について、目を通してもらう為だ。

ラプター王国の先王の暴挙により我が国が行った経済制裁は一年も経たずに解除されたが、それでも十分な効果を発揮した。過去の栄光を取り戻す事は、もはや不可能に近い状態にまで、彼の国の国力は削られている。

元々、気候や土壌を考えると生きていくには厳しい土地だ。一度転ぶと、立て直しが難しい。現国王の尽力により回復傾向にはあるものの、天候不良や虫害等、不測の事態が一つ起これば目も当てられない惨事となる。

食料や燃料等の関税や規制について、内容を見直す必要があると私は考えた。

しかし現状、問題は山積みだ。数年前まで敵対していたラプターを、未だ快く思わないネーベル国民も多い。高位貴族からは、国力は限界まで削ぐべき、生かさず殺さずが望ましいという意見も出ている。

非人道的にも思えるが、それだけ根深い問題だとも言えた。

国民感情は理解出来る。

しかし、このままにも出来ない。

それを国王に進言したところ、改定案を纏めろとの命令を受けた。

両国の問題を踏まえた上で、折衷案を考えろと。

かなりの難題だ。

ヨハンという頼もしい補佐がいなければ、頭を抱えていた事だろう。彼はヴィント王国への留学経験や商人らとの交流を活かし、私よりも生きた情報を持っている。知識も豊富な上に、外交も上手い。

ヨハンの手を借り、どうにか形にして持ち込んだのが三十分前。

国王は席を外していたが、数分も経たずに戻ってきた。

ヨハンと私はソファに並んで座り、対面に国王が腰掛ける。

表面上は冷静を心掛けながらも意気込んでいた私だったが、すぐに出鼻を挫かれた。

国王が動かない。

待たされる事には慣れたが、今日はいつもと違う。私が机の上に置いた書類には手を伸ばさず、かといって別の案件に取り掛かっている様子でもない。

無駄に長い足を組んだ国王は、視線を斜め下へと固定したまま動きを止めている。

相変わらずの無表情だが、伏せた睫毛が瞳に影を落とし、愁いを帯びているように錯覚させた。

無駄に絵になる。

しかしよく考えてほしい。容姿が整っているからこそ芸術的に見えるのであって、実態はただ呆けているだけだ。

合理主義の塊のような男が、ぼんやりと考え事をしている。

これは天変地異の前触れだろうか。

「兄上、出直しましょう」

隣のヨハンが、潜めた声で囁く。

様子を窺うと、胡乱(うろん)な目を国王へと向けていた。眉間の皺と眇めた目、引き結んだ唇が機嫌の悪さを雄弁に語る。

今にも舌打ちしそうなほどに、苛立っていた。

お手本のような笑顔で愛想よく振る舞う、品行方正な王子であるヨハンの表情を崩せる人間は、そう多くない。

良い意味では姉であるローゼ、そして悪い意味では国王が特例なのかもしれない。

ヨハンに同意して退席したいのを、ぐっと堪えた。

「陛下」

声を掛けても、応えはない。

しかし間を空けてから国王は、緩慢な動作で顔を上げた。

「改定案をお持ちしましたが、日を改めた方が宜しいでしょうか」

そこで漸く、国王の視線が書類へと向く。手を伸ばして持ち上げたものの、それだけ。今、目を通す気はなさそうだ。

「預かる」

端的な言葉に、ヨハンの額に青筋が浮かぶ。膝の上で握り込んだ拳が、『なら、それをさっさと言え』と語っていた。

「では、これで僕達は失礼します。行きましょう、兄上」

笑顔で憤っているヨハンに倣い、私も立ち上がる。

「待て」

「……なんでしょう」

ヨハン程あからさまではないが、私も態度が悪い自信がある。しかし国王は一切気にした素振りもなかった。

「お前達に報告がある」

「……手短に願います」

渋面を作ったヨハンは、溜息と共に苦々しい声を吐き出す。

国王は、思案するように軽く首を傾げてから、口を開いた。

「アレが懐妊した」

「………は？」

異口同音。長い、長い沈黙の後に零した音は、図らずもヨハンと重なった。

呆然と立ち尽くす私達が見えていないかのように、国王は書類を手に立ち上がる。執務机の方へ向かう為に背を向けた。

「以上だ。行っていいぞ」

そんな馬鹿な。

言葉の示す重要度と国王の軽さが結び付かずに、脳が混乱する。

犬でも追い払うように手を振られて、思わず声を荒らげた。

「お待ちください！　今、なんと仰いました⁉」

肩越しに振り返った国王の眉間に皺が寄る。煩いと言いたげだが、知った事か。

いくら『手短に』と言われたとしても限度があるだろう。あんな説明とも呼べない言葉だけで、納得出来る訳が無い。

「アレが懐妊したと言った」

「アレとは、まさか……」

「お前の妹で、私の娘だ」

受けた衝撃の大きさに立ち尽くす私の横で、ヨハンが膝から崩れ落ちる。

しかし手を貸すような余裕は、私にも無かった。

ローゼが、妹が妊娠。

私の大切な妹が、母親になる。

頭まで情報が届いた瞬間に湧き上がった感情は、一言では表し難い。喜びと寂しさと、色んな感情が混ざり合っている。

結婚したという事実を理解していても、ローゼは変わらず私の可愛い妹のままだという考えが頭の隅にはあった。

大人になり、疾うに私の手を離れていたのだと再認識するのは、やはり寂しい。でも同時に、嬉しくもある。

私がその場で足踏みをしている間に巣立ち、家族を持つようになったローゼが誇らしい。それにローゼとレオンハルトの子供ならば、さぞ可愛らしいに違いない。

男の子だろうか。女の子だろうか。

どちらに似てもきっと、才能溢れる子になるだろう。いや、ローゼはたまに抜けているところがあるから、意外と不器用な子かもしれない。

どんな性格でも、どちらに似ていても、才能があろうと無かろうと構わない。母子ともに元気であれば、それだけで。

そこまで考えて、ハッと我に返る。

現在のローゼの体調はどうなのだろうか。公爵領には優秀な医師や薬師が揃っているはずだが、タウンハウスにも連れてきているのか。

「陛下。ローゼの体調はどうですか？　もし必要なら、侍医の手配を……」

声を掛けても、国王からはまともな反応が返ってこない。

執務机に書類を置き、椅子に深く腰掛けた国王は、相変わらずぼんやりしている。さっきから、いったいどうした。

まさかと思うが、この男にも娘の妊娠に衝撃を受ける感性が備わっていたのか？

喜んでいるのかどうかは定かでないが、様子がおかしいのは確かだ。頬杖をつき、物思いに耽る様子を不躾に眺めていると、視線だけがこちらを見た。

「公爵家にも医者はいる。必要があれば手配するが、今はあまり騒がせるな。妊婦の心労に繋がる」

「…………かしこまりました」

貴方の辞書にも気遣いという言葉があったのか、という言葉が喉まで出かかった。どうにか呑み込み、平静を装う。

「姉様の体を考えるなら、城の離宮に迎え入れるべきでは？」

いつの間にか立ち直ったらしいヨハンが口を挟む。

ローゼへの依存度を考えると、よくこの短時間で持ち直したものだと思うが、目尻には薄っすら涙が浮かんでいた。

どうやら衝撃を心配が上回り、冷静になったらしい。

「プレリエ領の医療水準が高いのは存じておりますが、王都のタウンハウスでは万全とは言えないでしょう。生まれるまで……いや、子供が歩けるようになるまでは、王宮の侍医がついていた方がいい」

前言を撤回する。全く冷静になっていない。

ヨハンはローゼを何年、城に閉じ込めるつもりなのか。子供が歩けるようになるまでと言いながら、次は話せるようになるまで、自分の身を守れるようになるまでと理由をつけて延ばすのではないかと考え、寒気がした。

「あの跳ねっかえりが、そのような事を承知するものか」

国王は呆れ混じりに呟き、鼻で笑う。

「今は長期の馬車移動は控えても、安定期に入れば領地に帰るだろう」

「そんな……」

ヨハンは蒼褪めた顔で俯く。

すぐに駆け付けられない距離なんて嫌だと絶望しているが、私もそれは同意する。出来れば、何かあった時に力になれる位置にいてほしい。

だが、プレリエ領が我が国で……否、世界で最も出産に適した土地だろう。

「私達が出向けばいい」

ヨハンの肩を叩いて告げると、恨みがましい目が返ってきた。

「王族全員が王都を離れるなど、許されないでしょう。誰かは貧乏くじを引く事になりますよ」

「……」

確かに、と胸中で呟く。

王都を空にするなど、許されないだろう。順番に休みを取るのはどうかとも考えたが、公式行事が無く、且つ仕事が比較的少ない時期となると、結構な確率で日程が被る。

他の事ならばヨハンに喜んで譲るけれど、これぱかりは嫌だ。私だってローゼに会いたい。直接顔を見て、おめでとうと伝えたい。

私とヨハンは互いの顔をじっと見つめる。言葉を交わさずとも、相手が何を考えているのか、なんとなく分かった。

一度頷き合った私達は、揃って国王へと視線を向ける。

「……この国の太陽たる国王陛下がいらっしゃれば、十分ですよね？」

「見舞いは僕達のような若輩者にお任せください」

義母上は外せない。ご本人も希望するだろうし、ローゼも望むはず。

そして、出来る事なら私も行きたい。姉を溺愛しているヨハンも然り。消去法で残るのは、一人だけとなる。

　国王は不愉快そうに、薄青の瞳を眇めた。

「太陽など、思ってもいない事を言うとは」

　貼り付けた微笑みで黙殺すると、国王は僅かに口角を上げる。珍しくも、笑っていると認識出来る角度まで。

　それに驚いて、目を見開いた。

「この席はそれほど重要なものではない。少なくとも太陽と違い、替えが利く」

　私とお前のようにな、と続けられて絶句する。

　冗談を言う姿など、想像した事もなかった。そんな気安い関係ではないし、なりたくもない。しかし今ばかりは冗談であってほしい。

「……御冗談を」

　我ながら、力の無い声だった。笑顔で虚勢を張っても、声で取り繕っているのが分かってしまう。

　国王は返事をせずに、意味ありげに目を細める。それが私の焦燥感を強めた。

　玉座に価値を見出していない男が、孫の誕生をきっかけにして譲位を望む。

　そんな事はあり得ないと、誰か笑い飛ばしてくれ。

王妃陛下の回顧。

珍しくも、夫である国王に執務室へと呼び出された。

いつまでも身を固める様子のない息子二人の縁談についてかと思い、少々億劫(おっくう)な気持ちを押しやって向かってみれば、全く違う話を切り出された。

「……今、なんとおっしゃいました？」

凝視しながら問いかけても、目の前の人物の表情は欠片も崩れない。

私の鋭い眼差しを平然と受け止めて、口を開く。

「アレが妊娠した」

「……アレとは」

震える声で問いを重ねる。すると彼は、軽く息を吐く。面倒臭いと言いたげな顔は、それでも憎たらしい程に美しかった。

「私とお前の娘だ」

少々投げ遣りな口調から察するに、私と入れ替わりで退室していった息子達とも、似たような遣り取りを既にやったのだろう。

些細な問答を面倒臭がるくらいなら、そもそも指示語ではなく名前を呼べと思わないでもないが、今はそれどころではない。

ローゼが妊娠。

私の可愛い娘に、子供。つまり私に、可愛い孫が出来る！

なんて喜ばしい一報だろうか。

対話能力に壊滅的な欠陥がある夫に構っている暇などない。

「今日と明日……、いえ、一週間ほどお休みをいただきますわ」

「……落ち着け」

お前もかと言わんばかりの視線が向けられる。

呆れたと表情と声で示されて、密かに苛立つ。

「身内とはいえ、客が来れば対応せざるを得なくなる。暫くは放っておいてやれ」

夫に常識を説かれるのは、正直屈辱だった。

自分がルールだと言わんばかりの行動を取るくせに、こんな時ばかり。そう歯噛みしつつも、言っている事はまともであったので、反論も出来ない。

ローゼの母として訪問しようとも、私がこの国の王妃である事に変わりはない。娘の傍で何か手助けをしてあげたいと思っていても実際は逆。警備や接待で無駄に手を煩わせるだけだ。

不満をぐっと呑み込んでから、脱力する。

ソファの背凭れに、体を預けた。

「……こんな地位、さっさと誰かにあげてしまいたいわ」

溜息と共に独り言を吐き出す。

私の両親……特に母は王妃という地位を、『女性にとって至上の幸福』だと考えていた節があったけれど、私はそうは思わない。

人も金も思いのままだなんてただの幻想。表面上は傅かれていても些細なきっかけで足を引っ張られ、予算の使い方を誤れば、各方面から突かれる。

責任と制約ばかりが増えていく、とても不自由な地位だ。

もっとも、そう気付いたのは結婚してから十年以上が経ってからだったけれど。

政略結婚で結ばれた両親は、私が物心ついた頃には既に不仲だった。

由緒正しい侯爵家の人間らしく見栄は人一倍であった為、表面上は仲睦まじい家族を演じてはいたものの、実情は他人よりも距離がある。

父は仕事が第一で家庭を顧みる事はなく、母はそんな父に当てつけるように娘の教育に固執した。

良家に嫁ぐ事こそが女の幸せだと繰り返していた母は、王妃陛下が病で亡くなられた事でそれまで以上に歪んでしまった。後妻として自分の娘を嫁がせ、王家の外戚となるチャンスだと、そう捉えたのだろう。

人の死を……しかも我が国の王妃陛下の死を悼むのではなく、喜ぶ母のおぞましさに、当時の私は気付けなかった。

つまりは私も親と同じく、非道な化け物であったという事。

母の思惑通りに王妃となったが、愚かな小娘であった私には過ぎた地位だった。

夫を振り向かせようと躍起になり、叶わないと分かると使用人に当たり散らす。母親を亡くしたばかりの義理の息子を慰めるどころか、虐げる。腹を痛めて産んだ我が子でさえ、思い通りにならないからと閉じ込めた。

御伽噺に登場する魔女のようだと、我が事ながら呆れる。

手本となる存在が両親だけだったなんて、言い訳にもならない。

だって私の娘は立派に成長したではないか。私も、おそらく夫も、まともな愛情を与えた記憶すらないのに、あんなにも素晴らしい女性に育ってくれた。

「アレは何なのだろうな」

静まり返った部屋にぽつりと落ちた呟きに、意識を引き戻される。

ふと顔を上げると、執務用の椅子に深く腰掛けた夫がぼんやりと虚空を見上げていた。

腹の上で指を組み、長い足を投げ出している様は脱力しているように見える。目さえ開いていなかったら、眠っているのだと疑わない程に。

珍しい姿に驚きながらも、言葉を拾う。

「……私達の娘ですわ。親に似ずに立派に育ってくれた、大切な子です」

「そうだな」

夫は怒る事なく、端的に肯定した。

夫の過去を詮索した事はないけれど、おそらく彼もまた親の愛情を知らずに育ったはず。

母親は流行り病で早世し、父親である前国王陛下はとても厳格な方だったと聞く。後継者として厳しく育てられたであろう事は、今の夫を見れば一目瞭然だ。

私達はどちらも、家族の何たるかを知らない。形だけ親になっても子供の愛し方も育て方も分からず、ただ自分と同じ欠陥品を生み出すだけの悲劇になるのだと思った。

しかし、結果は違った。

幼い頃は父親に似た無機質な瞳をしていたクリストフは、いつの間にか穏やかな微笑みを浮かべるようになった。

母親である私に似てヒステリックな一面を持つヨハンは、理性で抑える術を学び、敬遠していたクリストフとも交流を持つようになった。

親である私達が放棄した役割を担い、穴を埋めてくれていたのは幼い娘だった。ローゼがいたからこそ、クリストフもヨハンも立派に成長してくれたのだと思う。

しかもそれだけに留まらず、あの子は私まで変えた。

不出来で愚かな母親を見限る事なく、やり直す機会を与えてくれた。

「何一つ、与えてこなかった。愛情も、親らしい言葉も、何も」

夫の声に悔いる響きはなく、常と同じ淡々としたものだ。それなのに少しだけ寂しげに聞こえるのは、私が抱えている罪悪感のせいか。

「親が私という存在を作った工程と同じはずだ。だというのに、何故、あんな想定外の生き物に育ったのか」

感嘆するように、吐息を零す。

「兄弟の手を引き、日の当たる方へ連れ出しただけでは気が済まずに、私達にまで手を伸ばしてくる。……その上、ここに」

夫は、掌を己の胸に押し当てた。

心臓の真上に手を置き、目を伏せる彼の姿は、まるで敬虔な信者のようだ。教会の像のように、触れるのを躊躇ってしまうような美しさがある。

もっとも夫は、神に救いを求めた事など一度も無いだろうけれど。

「空洞だった場所に勝手に感情を植え付ける」

身勝手極まりない、と呟く表情が柔らかく見えるのは、たぶん錯覚ではない。

「……素直に幸せだと仰ったら如何？」

背凭れから身を起こした夫は、ふ、と口角を上げる。

笑えるようになったのかと、感慨深い想いが込み上げてきた。

大陸中に名を轟かせる、賢王ランドルフ・フォン・ヴェルファルト。

優秀な頭脳と圧倒的なカリスマ性でネーベルを統治する国王は、臣下や民に敬愛される一方で、畏怖される存在でもある。

年不相応な威厳と迫力、それから硬質な美貌も近付くのを躊躇わせる一因かもしれない。長年仕えた側近や親類であっても例外ではなく、夫の周りには、誰であっても踏み込めない領域があった。

妻となった私も言わずもがな。

必死になって縋り付く私に向けられたのは、炎も凍りそうな冷たい一瞥だけ。近寄るなという言葉すらなく、私の心を折る。

この方は一生、誰にも心を許さずに死ぬのだろうと思った。

ところがその不可侵な領域に、堂々と乗り込む者がいた。娘だ。

大の男でも怯む夫の視線をものともせずに、正面からぶつかっていったローゼは、夫の興味を引いた。

しかし関心を持ったとはいえ、夫は決して優しくはなかっただろう。

子供相手でも手加減などせず、挫折すれば容赦なく切り捨てられる。常に綱渡りのような緊張感を強いられながらも、挑み続けたローゼがいたからこそ、今の夫がある。

「親にも夫にもなろうとしなかった私が、勝手に爺になっているとはな。人生何が起こるか分からないものだ」

いつになく穏やかな顔で呟く夫を見ながら、心の中で同意する。

本当に、人生は何が起こるか分からない。

「楽しみですね」

自然と口角が上がる。

「……そうだな」

結婚して初めて、夫とまともに意思疎通が出来た気がする。

この人とは一生分かり合えないと諦めていたけれど、もしかしたら。

普通の夫婦のようにはなれなくとも、いつか、古い友人のような存在にはなれるだろうか。

昔の私が聞いたら、あり得ないと一蹴しただろう。

しかし今、ぼんやりと物思いに耽る夫を見れば、そう無謀な夢でもない気がしていた。

【番外編】 医師見習の衝撃。

私の名前は、イルマ・ホラント。

ネーベル王国の西の端。ヴィント王国との国境にほど近い田舎町で生まれ育った。父親はその村唯一の医者で、子供の頃からお手伝いをしていた娘の私が、医療関係の仕事に興味を持つのはごく自然な事だった。

しかし、どうやら父は私に後を継がせるつもりは無かったようだ。私の母と同じく医者を婿に迎えて、家事の合間に手伝うような人生を送ると思っていたらしい。

私は母を愛しているし、尊敬もしている。けれど同じ生き方をしたいとは思わない。私は医者の妻ではなく、医者になりたいのだ。

そんな鬱屈とした思いを抱えていた時、町に立ち寄った旅人から、プレリエ地方に建設予定の医療施設についての話を聞いた。それから私の頭の中は、医療施設の事でいっぱい。父の古い友人がそこで働く事になったと聞いて、助手として一緒に連れて行ってもらえないかと頼み込んだ。

どうにか職員として雇ってもらえる事が決まり、私は有頂天になった。

働き始めた当初は、目が回りそうな忙しさだった。やるべき事も覚える事も山のようにあり、気が付くと一日が終わっているという事の繰り返し。

それでも充実した毎日が楽しくて、故郷に帰りたいとは思わなかった。

プレリエ領に来てから二か月経つ頃には、忙しさも落ち着いてきた。仕事にも慣れて、効率よく捌けるようになってきたからだと思う。

上司は尊敬出来る方だし、同僚達も良い人ばかり。とても恵まれた職場だ。プレリエ地方の気候や食事にも慣れてきたので、概ね快適と言える。

……しかし、ただ一つ。二か月経っても慣れない事があった。

「凄い荷物ね。手伝うわ」

物思いに耽っていた私は、背後から声を掛けられて驚く。

硬直している間に、抱えていた四冊の分厚い本が腕の中から消えた。

「えっ⁉　そ、そんな、いけません！」

「大丈夫、大丈夫。事務所まで運べばいい？」

慌てて後を追いかけて訴えるが、一蹴されてしまう。

そんな細い腕で重い荷物なんて持ったら、折れてしまうわ⁉

「ローゼマリー様、お貸しください」

護衛騎士が女性……ローゼマリー様の手から本を取り上げる。彼女は不服そうな顔をしたけれど、私は密かに安堵の息を零した。

なんせ、目の前の女性は私からしたら雲上人。

ローゼマリー・フォン・プレリエ様。ネーベル王国の現国王陛下の嫡女にして、プレリエ公爵家当主。更に、この医療施設計画の発案者でもある方。

そんな方に荷物持ちをさせるなんて、あり得ない。私のような小娘の首一つでは責任が取れない暴挙だ。

同じ建物内にいるだけでも畏れ多いというのに、何故かローゼマリー様は私達の仕事を手伝おうとする。下位の貴族令嬢ですら庶民と話すなんて嫌がるのに、何故、誰もが認める尊い身分の方が気さくに話しかけてくださるのか。

喜ぶよりも、戸惑う気持ちの方が大きい。

あの優しい笑顔に裏があるとは思えない。でも掠り傷一つ付けただけでも、私だけでなく親にも類が及ぶと思えば、近付く事さえ怖かった。

ローゼマリー様も私や他の従業員の戸惑いを感じ取ったようで、無理に距離を詰めようとはなさらなかった。

そんな微妙な関係が三か月続いた頃に、転機が訪れる。


グルント王国の視察団の中に、とても横柄な男性がいた。

年齢は五十代半ばくらい。艶の無いグレーの髪に、同色の瞳。中肉中背だが、お腹の贅肉が目立つ典型的な中年男性だ。顔立ちは不細工とは言わないけれど、長年の笑い方の癖がついたのか、唇の形が歪んでいる。鼻や頬が部分的に赤らんでいるから、肝臓を悪くしているのかもしれない。近所の酒飲みのおじさん達と同じだ。

その男性は、案内係の言う事をまるで聞いていなかった。そっぽを向いて欠伸している姿を見て嫌な予感がしたけれど、予想以上の事を仕出かした。

「困ります！　そちらは立ち入り出来ませんと、最初にお話ししたでしょう！」

施設内の案内が始まって、まだ数分。その男性は案内係の制止を振り切って、好き勝手に歩き始めた。

「人に言えないようなものを隠しているのか？　立ち入り禁止など、やましい事があると宣言しているようなものだろう」

フンと鼻で笑って、男性は奥へと進んでいく。

案内係の女性は焦って止めようとするが、女の力では敵わない。同じ国の視察団の人達も、オロオロとするばかりで役に立たない。

「違います。入院患者がいるので、どうかお静かに」

補佐として立ち会った私が何とかしなければと、男性の前に立ち塞がる。

「患者⁉　病人がいるのか⁉　そんな場所に私を入らせるなんて、どういうつもりだ！」

蒼褪めた男性はハンカチで口を覆い、眉を顰める。

勝手に入ったくせに、何て言い草だろう。しかし安静にしなくてはならない患者の傍で、これ以上騒がれては困ると思い、口を噤んだ。

「まったく、なんて汚らわしい……！　案内をするのなら、もっと有益な場所にしろ！」

「……では、案内を続けますので、こちらへどうぞ」

案内係の女性は、ぐっと唇を噛み締めた。ほんの数秒で苛立ちを隠し、気持ちを切り替えた彼女は、とても理性的な人だと思う。

「そうだ。新薬の開発は何処でやっているんだ？」

「研究棟はまだ稼働しておりませんので、案内出来ませんとお伝えしました」

「私はそこが見たい。案内せよ」

「出来かねます」

「……貴様、公爵である私に向かって、その口の利き方は何だ」

公爵は鋭い目付きで案内係の女性を睨んだ。

一触即発な空気を感じ取り、流石に不味いと視察団の人達は焦り出す。

散々怒鳴り散らしていたせいか、周囲の部屋から職員が何人か顔を覗かせた。手助けが必要かと目で問う同僚等に、私は何と返したらいいんだろう。

感情的には男を施設から叩き出したい。でも男は公爵だと言った。他国の貴族とはいえ、王家に継ぐ権力を持つ人間に逆らって、無事で済むのか。

世の中は不平等だ。どんなに男側に非があろうとも、そして私たちに正当な理由があろうとも、全て無意味。正義は権力と共にある。

「……何と言われても、出来ないものは出来ません」

青い顔をして震えながらも、案内係は要求を撥ね除けた。

「は、面白い！　ならお望み通りにしてやろう！　私に逆らうとどうなるのか、身をもって知るがいい！」

高笑いをする公爵を見て、私は何も出来ない自分自身に絶望した。

仲間を見捨てて何が医者だ。そんな人間には、誰かを救う資格すら無い。

震える足を叱咤して、案内係の女性の傍へと駆け寄ろうとした、その時。

凛とした声がその場に響いた。

「これは一体、何の騒ぎですか」

突然現れた絶世の美女に、状況も忘れて、公爵を含む視察団の人達は見惚れた。声と同じく凛々しい横顔に、私も思わず見入ってしまう。

「病院ではお静かにと、説明があったはずですが」

美しい女性……ローゼマリー様は不愉快そうに柳眉を顰めた。

「そ、それは……その……」

視察団の人達の顔色は真っ青だ。汗を掻きながら彼等は、互いの顔を見合わせている。しかし公爵は動じなかった。

「そちらの案内係が先に無礼を働いたのだ。まずは謝罪するべきではないのかね？」

公爵は不遜に言い放つ。

「他の者から受けた報告では、先にそちらが条件を破ったと聞きました」

どうやら同僚の一人がローゼマリー様を呼びに行き、説明もしてくれたらしい。

「そんなもの、ただの出鱈目だ。証拠はあるのかね？」

自分に非があるとは思っていないからこそ、公爵は堂々とした態度だ。憎たらしいが、追い詰められる気がまるでしない。

しかしローゼマリー様が気圧される事は無かった。

「ここは入院患者がいる区域ですので、立ち入りを禁じていたはずです。そんな場所に貴方がいる事自体が証拠でしょう」

淡々と正論を述べるローゼマリー様に、公爵は言葉を失った。

固まる公爵を一瞥した彼女は、視察団の人達の方へと向き直る。

「グルント王国視察団の皆様」

「っ、はい……」

「残念ですが、視察は中止ですね。暫くの間は医療施設の立ち入りを全面的に禁じます」

「そんな……」

「お帰りはあちらです。お気をつけて」

取り付く島もないローゼマリー様の態度に、視察団の人達は肩を落とす。無理もない。他国で問題を起こした上に、医療を学べる機会を棒に振ったのだから。

「き、貴様……っ！」

呆けていた公爵は我に返ったのか、真っ赤な顔で激昂した。

「公爵である私に、なんて無礼な!!　これは国際問題だぞ!?」

ローゼマリー様の青い瞳が、冷ややかに細められる。蔑むような視線を向けられ、公爵と視察団の面々は凍り付いた。

「……ええ、本当に。これは国際問題です」

口角を吊り上げ、ローゼマリー様は嫣然と笑う。

余りにも美し過ぎる微笑に気圧され、公爵の反応が一拍遅れた。

しかし、すぐに馬鹿にされたと気付き、叫ぼうとした口を視察団の人達が塞いだ。

これ以上の愚行を重ねては、グルント王国の沽券に関わると悟ったのだろう。暴れている公爵を全員で押さえ、視察団は逃げ出すように帰っていった。

「ろ、ローゼマリー様……、申し訳……」

「怪我は無い⁉」

「え？」

「遅くなってごめんなさい。怖かったでしょう？」

謝罪しようとした案内係の女性を、ローゼマリー様は抱き締める。

「わたし……、わたし……っ」

「貴方は立派な仕事をしてくれたと聞いているわ」

縋り付いて泣き始めた女性の背を、ローゼマリー様は宥めるように擦る。そして、傍に立ち尽くしていた私にも話しかけてくれた。

「こういう事があると考えなかった私の落ち度です。……貴方も怖かったわよね」

「いえ、私は、何も出来なくて……」

「そんなこと、ないわ。さっきは、私の代わりに止めてくれてありがとう」

暗い気持ちで否定しようとした私の言葉を、案内係の女性は遮る。怖かったのと、嬉しいのとで私まで泣けてきてしまった。

ローゼマリー様はそんな私達を、とても優しい目で見つめていた。

その一件から、私達とローゼマリー様との関係が少し変わった。

とはいっても公爵閣下を、同僚と同じ扱いには出来ない。丁寧な態度は崩さないけれど、無意味に怯え、距離を置く事は止めた。

ローゼマリー様はあの横暴な公爵とは違う。あの方は、人を陥れる為に権力は使わない。寧ろ、私達のような下の者を守る時にのみ行使する。そう心から信じられた。

「あら、今日も荷物が多いわね。手伝うわ」

「では、半分だけ、お願い出来ますか？」

いつかのように、私の手から本の山を取ろうとするローゼマリー様に、私はそう提案した。一瞬、虚を衝かれたように目を丸くしてから、ふわりと笑む。

「ええ、もちろん」

二冊の本を抱えたローゼマリー様は嬉しそうに笑う。またも護衛騎士に奪われそうになったのを、体の向きを変える事で阻止した。

拗ねたように眉間に皺を寄せて、軽く睨む。

「これは私が運ぶの」

こんなに可愛らしい公爵様の下で働ける私は、本当に幸せ者だ。

転生王女は今日も旗(フラグ)を叩き折る　9

＊本作は「小説家になろう」（https://syosetu.com/）に掲載されていた作品を、大幅に加筆修正したものとなります。
＊この作品はフィクションです。実在の人物・団体・事件・地名・名称等とは一切関係ありません。

2024年4月20日　第一刷発行

著者 …… ビス
©BISU/Frontier Works Inc.
イラスト …… 雪子
発行者 …… 辻 政英
発行所 …… 株式会社フロンティアワークス
〒170-0013　東京都豊島区東池袋3-22-17
東池袋セントラルプレイス5F
営業　TEL 03-5957-1030　FAX 03-5957-1533
アリアンローズ公式サイト　https://arianrose.jp
フォーマットデザイン …… ウエダデザイン室
装丁デザイン …… 株式会社TRAP
印刷所 …… シナノ書籍印刷株式会社